Doutor
Esperanto

Walter Francini

Doutor Esperanto

O romance de Lázaro Luís Zamenhof, criador da língua internacional

Com carta-prefácio do **Dr. Mário Graciotti**, da Academia Paulista de Letras

FEB

Copyright © 1983 *by*
FEDERAÇÃO ESPÍRITA BRASILEIRA – FEB

5ª edição – 1ª impressão – 2 mil exemplares – 8/2014

ISBN 978-85-7328-815-5

Todos os direitos reservados. Nenhuma parte desta publicação pode ser reproduzida, armazenada ou transmitida, total ou parcialmente, por quaisquer métodos ou processos, sem autorização do detentor do *copyright*.

FEDERAÇÃO ESPÍRITA BRASILEIRA – FEB
Av. L2 Norte – Q. 603 – Conjunto F (SGAN)
70830-106 – Brasília (DF) – Brasil
www.febeditora.com.br
editorial@febnet.org.br
+55 61 2101 6198

Pedidos de livros à FEB
Gerência comercial – Rio de Janeiro
Tel.: (21) 3570 8973/ comercialrio@febnet.org.br
Gerência comercial – São Paulo
Tel.: (11) 2372 7033/ comercialsp@febnet.org.br
Livraria – Brasília
Tel.: (61) 2101 6161/ falelivraria@febnet.org.br

Texto revisado conforme o Novo Acordo Ortográfico

Dados Internacionais de Catalogação na Publicação (CIP)
(Federação Espírita Brasileira – Biblioteca de Obras Raras)

F817d   Francini, Walter, 1926–1996.

            Doutor Esperanto: romance de Lázaro Luís Zamenhof, criador da língua internacional. / Walter Francini – 5. ed. 1. imp. – Brasília: FEB, 2014.

            185 p.; 21 cm

            Com carta-prefácio do Dr. Mário Graciotti, da Academia Paulista de Letras.

            Apêndices.

            ISBN 978-85-7328-815-5

            1. Zamenhof, Lázaro Luís, 1859–1917 – Biografia. 2. Esperanto. I. Federação Espírita Brasileira. II. Título.

                                                   CDD 924.99992
                                                   CDU 92 (ZAMENHOF, L. L.)
                                                   CDE 90.02.00

Sumário

Prefácio 9
1 Na escola da vida 11
2 A vida ensina 13
3 Sonho gorado 17
4 O sonho renasce 21
5 Festejando um nascimento 25
6 Rigor paterno 27
7 Alegria e tristeza 31
8 O trabalho de reconstrução 35
9 Reclusão voluntária 39
10 "Idealnumeista incorrigível" 43
11 Acertando a carreira 47
12 Casamento à vista? 51
13 A companheira 55
14 Ajuda inesperada 57
15 Lançamento da língua internacional 61
16 Atividade editorial 67
17 Dificuldades materiais 73
18 "Impossibilidade absoluta" 77
19 Reformistas são derrotados 81

20 Adesão extraordinária 85
21 No limiar do século 89
22 Em Boulogne, uma nova humanidade 93
23 Prece universalista 97
24 Intocabilidade do esperanto 107
25 Princípios éticos 113
26 Contra os ultranacionalistas 121
27 O caso da "delegação" 125
28 Na Alemanha 131
29 Na Espanha 133
30 Nos Estados Unidos 135
31 Para o "Congresso das raças" 139
32 Despedindo-se da liderança 143
33 Frustração 147
34 Em luta com a doença 151
35 Em favor da humanidade 155
36 A partida 159
Posfácio 161
Apêndice 165
Adendo 177
Obras consultadas 179
Walter Augusto Francini 183

Minha homenagem sincera ao Dr. Erlindo Salzano, que na aprazível cidade de Porto Ferreira (SP) foi meu primeiro mestre de esperanto.

* * *

Meus melhores agradecimentos à Associação Paulista de Esperanto em cuja biblioteca realizei as pesquisas que deram origem a esta publicação.

W. F.

Prefácio

Carta enviada para o autor pelo Dr. Mário Graciotti, diretor do Clube do Livro, secretário da Academia Paulista de Letras e autor de várias obras laureadas, dentre elas o monumental *Firmamento no universo finito*.

São Paulo, 27 de abril de 1973.

Caro e distinto confrade WALTER FRANCINI
Não sei como classificar a impressão que me ficou da leitura do seu magnífico livro DOUTOR ESPERANTO. Entre comovido e assustado, primeiro, pelo toque humano que os seus escritos apresentam; segundo, pelo gigantesco sonho universalista de um homem, aspirando unir os outros homens no plano do diálogo e da compreensão, favorecido por um idioma comum.

Percebo nesta minha espontânea emoção, provocada pela leitura de seu atraente livro, a presença, embora remota, de outro homem, que, da Galileia, sonhou, também, unir-nos por uma *outra linguagem, mais volátil do que a palavra, mas intrinsecamente mais profunda na sua nobre expressão: a linguagem silenciosa do Amor!*

Gostaria de lembrar-lhe a conveniência de tornar neutra, em todo o sentido, racial, moral, religioso, político, econômico, a incomparável figura do Dr. Zamenhof, pois ele, também, se considerava universalista, neutro, acima das miúdas questões e coisas dos pequeninos homens, embora não perdesse os alicerces de sua terra nativa.

É tão belo o que V. escreveu, caro Walter, e tão digno é tudo o que se refere à obra de Zamenhof, que pobres e frágeis são estas minhas palavras com que saúdo o nascimento de seu ensaio e a possível aurora, que ele aguarda, pois em suas páginas se fundem, mesmo em faixa modesta, as esperanças de toda uma civilização, cansada, cansadíssima, de tantos inquietantes e cruéis desencontros.

Do amigo, patrício e muito admirador,
Mário Graciotti

Capítulo 1
Na escola da vida

Local: a cidade de Bialistoque, na província de Grodno, Polônia.
Época: 15 de dezembro de 1859. Domínio russo.

Num sobrado grande, mas modesto, as horas custam a passar. O chefe da casa, professor Marcos, caminha nervoso ante a porta fechada do quarto onde sua esposa Rosália vai dar à luz. Já faz tempo que a parteira entrou lá, mas até agora nada. Esta espera sem fim deixa o professor angustiado. Finalmente ouve-se um grito agudo e longo e o Sr. Marcos para de caminhar, inclinando a cabeça na direção do grito. Sua enorme barba negra contrasta vivamente com a palidez do rosto. O professor demonstra toda a ansiedade do homem que se torna pai pela primeira vez.

Passado algum tempo, a parteira surge triunfante à porta para anunciar com voz festiva:

— É um menino, senhor professor. Venha ver que belezinha!

O pai entra no quarto, examina satisfeito a criança e contempla a esposa que descansa, feliz.

— Você sofreu muito, Rosália?

— Um pouco... mas foi menos do que eu pensava...

O marido toma-lhe uma das mãos e beija-a. Dona Rosália olha a criança e diz:

— Deus nos mandou um menino. Você está contente, Marcos?

O professor tem uma personalidade austera, pouco expansiva. Mas neste momento está emocionado, com os olhos ligeiramente umedecidos. Um novo ser veio ao mundo, e isto é, um acontecimento solene, quase santo, mesmo para aqueles que como o Senhor Marcos não aceitam um plano de vida superior ao material. O professor beija sua esposa na testa e responde-lhe:

— Estou contentíssimo! Mas você precisa descansar...

Enquanto ele se retira, dona Rosália contempla enternecida o recém-nascido. Que destino lhe estará reservado? Será um grande homem ou levará vida obscura?

Não se preocupe, dona Rosália, deixe o tempo passar. Glória ou obscuridade, pobreza ou fartura, alegria ou tristeza, tudo forma as lições da escolha da vida. Se ele for um grande homem, tanto melhor. Se, porém, o seu destino for humilde, isso não tem importância, o que vale é a bênção de viver, é a oportunidade renovada, a cada dia que nasce, de crescer espiritualmente e ser feliz.

Capítulo 2
A vida ensina

Já se passou sete anos desde aquele dia nervoso na casa do professor Marcos. A criança recebeu o nome de Lázaro Luís e agora está brincando com os meninos da vizinhança. É uma criança tímida, pensativa e inteligente.

O pai, professor de alemão e francês, logo percebeu que Lazinho aprende línguas com facilidade e, por isso, sempre que pode, dá-lhe lições ou passa-lhe exercícios.

Hoje o menino está demorando na rua. A mãe, preocupada, pergunta à vizinha:

— A senhora viu o Lazinho?

Antes da resposta, ei-lo que surge, correndo, muito pálido.

Dona Rosália repreende-o com brandura:

— Onde você esteve até agora? Não sabe que já passou a hora do almoço?

Lazinho está trêmulo, dominado por forte emoção. A mãe nota-lhe a palidez e diz:

— Estou estranhando você, hoje. Você é sempre calmo, obediente, cumpridor dos seus deveres... Conte-me o que lhe aconteceu.

O menino está encabulado. Prefere silenciar. Mas a mãe insiste:

— Vamos, explique-se. Seu pai está furioso com você!

Lázaro vence a timidez e pergunta:

— Mãe, há algum mal em ser judeu?

— Que é isso, filho? Você não aprendeu que Deus foi especialmente generoso para com nosso povo? ... Mas por que fez essa pergunta?

— Eu estava brincando com meus amigos quando apareceu um moleque bem maior do que nós, querendo estragar a nossa brincadeira. Começamos a discutir e de repente ele me chamou de "judeuzinho pretensioso". Logo se formaram dois grupos: o dos judeus e o dos não judeus. Como éramos minoria, tivemos de correr... Não compreendo por que ele punha tanto ódio ao dirigir-me a palavra "judeu", nem por que alguns amigos me traíram...

— Ora, filho, isso é coisa de moleques...

— Ah! mãe, eu não penso assim. A nossa raça atrai o ódio das outras. No outro dia vi dois homens brigando, um era judeu, outro alemão. As pessoas brigam só porque são de raças diferentes?

Dona Rosália fica pensativa. Em sua tela mental projetam-se os inúmeros conflitos inter-raciais que já viu, alguns deles culminando em lutas sangrentas. Ela lembra o último boato lançado contra os de sua raça, por ocasião do desaparecimento de um menino polonês:

"Os judeus sacrificam crianças nos seus rituais!" Pouco tempo depois o menino foi achado ileso, mas o boato maldoso não tinha deixado de avivar fortemente o sentimento antissemita. Apesar de tudo a bondosa senhora prefere responder:

— Lazinho, você é muito criança para preocupar-se com isso. Vá lavar-se e ponha-se à mesa.

O menino obedece e, ao sentar-se, relembra uma lição em que seu pai lhe ensina a igualdade entre os homens. Na mesa recende a comida, amorosamente preparada por dona Rosália. Mas Lazinho, apetite embotado e mente distante, não sente odores nem vê pratos diante de si. Igualdade entre os homens... Mas existem "homens"? O que existe são: russos, poloneses, alemães, judeus...

A mente do menino continua agitada com a lição que a vida acaba de lhe dar: os princípios morais são belos e justos, mas moram muito longe da realidade humana.

Capítulo 3
Sonho gorado

Uma análise mais atenta das circunstâncias que envolvem a Lázaro revela que o menino veio a nascer justamente na região terrestre onde se faz sentir com mais intensidade o problema da comunicação entre as pessoas. Judeus, poloneses, russos e alemães formam comunidades distintas na pequena cidade de Bialistoque, cada uma com sua língua, costumes e religião, que as mantêm distantes, desconfiadas e inimigas entre si.

Dotado de grande sensibilidade e espírito de observação, Lázaro vai registrando os numerosos episódios desses choques envolvendo ora crianças, ora adultos.

Olhares zombeteiros, risinhos, palavras de escárnio, apupos e rixas ocorrem constantemente ante o olhar inteligente daquela criança, que agora procura descobrir a causa desses acontecimentos e, com a causa, também a solução! Sim, positivamente é isso que ele quer: pacificar a humanidade. Essa ideia, bruxuleante na sua mente desde a infância, explode com força total a partir da adolescência.

Eis Lazinho no ginásio, primeiro na sua cidade natal e depois em Varsóvia. É um aluno que não abusa de sua inteligência, esforçando-se ao máximo no estudo. Por isso, tira sempre o primeiro lugar. Todos preveem que ele irá longe.

O jovem ginasiano tem uma inclinação especial para as línguas: além do ídiche, fala bem russo, polonês e alemão; lê com facilidade latim, hebraico e francês; conhece, embora mais teoricamente, grego, inglês, italiano e algumas outras línguas.

Que é que separa os homens? – é a interrogação que o preocupa.

Não é evidentemente, salvo em casos excepcionais, a raça, a cor ou a religião. Há nações onde convivem em paz brancos e pretos, nacionais e estrangeiros, religiosos e ateus. Seriam os costumes?

Havendo respeito mútuo, também os costumes podem ser diferentes.

Para Lázaro, a causa fundamental da incompreensão entre as pessoas é a diversidade de línguas. Dois homens que falem idiomas diferentes são como dois trilhos paralelos em leito de ferrovia: jamais podem encontrar-se. Ou então, para eles vigora este princípio: nada os une, tudo os separa. É verdade que duas pessoas podem se desentender falando a mesma língua, e infelizmente este é um fato comuníssimo; mas para duas pessoas que falem idiomas diferentes está cortada, desde o início, toda possibilidade de entendimento.

O adolescente sonha.

E se fosse restaurado o latim? Foi a língua comum do grande Império Romano e, mais tarde, dos homens cultos na Idade Média. Em sua imaginação excitada, Lázaro vê-se viajando pelo mundo, exortando os homens a reviverem o idioma antigo. Mas o sonho dura pouco. O jovem é bastante atilado para perceber que o latim, apesar das suas enormes possibilidades, é por demais complexo para tomar-se língua de todos, com as suas declinações, conjugações e irregularidades. Lázaro caminha agora em outra direção. Sua mente fixa-se numa língua planejada. Logo, porém, o entusiasmo esfria: a quantidade de formas gramaticais e o volume de vocábulos necessários apresentam-se-lhe como trabalho gigantesco, superior às forças humanas. Um sopro de descrença abala-lhe o coração e o jovem resolve dar adeus ao seu sonho. Afinal de contas, quem é ele, pobre adolescente de família pobre, para alterar o destino da humanidade?

Mas a fossa em que Lázaro está mergulhado é muito mais profunda: não se trata apenas de um momentâneo fracasso na consecução de um ideal, que estímulos novos podem facilmente reavivar; o seu desânimo é total, porque é nesta fase que o jovem, com apenas quinze anos, perde a fé em Deus e passa a ver nenhum sentido na vida. Para que vivo, para que aprendo, para que labuto, para que amo? – são as interrogações que formula a si mesmo o adolescente. E para sua infelicidade nem o céu com suas estrelas, nem a Ciência com seus livros, nem a Religião com suas revelações conseguem de alguma forma abrandar-lhe a sede de infinito.

Capítulo 4
O sonho renasce

O tempo passa. Lázaro agora está cursando a quinta série do ginásio. De repente, em classe, uma revelação: a simplicidade da gramática inglesa. O jovem fica encantado. Seu velho sonho renasce com mais força: a riqueza de formas gramaticais é apenas uma casualidade resultante da evolução das línguas; não é uma fatalidade. Será possível reduzir a gramática a apenas algumas páginas? Lázaro agora acredita firmemente que sim. Resolvido o problema da gramática, resta agora o do vocabulário. Se o princípio da economia vale para a primeira, por que não valerá também para o segundo?

O jovem então imagina um vocabulário totalmente arbitrário, com palavras de uma ou duas sílabas, composto da série matemática de todas as combinações de letras, pronunciáveis: a, ab, ac, ad, ba, ca, da,e, eb, ec, be, ce,aba, acá, etc. Põe-no à prova consigo mesmo e logo o abandona pela dificuldade de memorizá-lo.

Pouco a pouco ele se convence que o vocabulário da nova língua deve ser natural, e não inventado, e deve ser extraído do vocabulário latino-germânico. Realmente não existem tantas palavras já internacionais por serem conhecidas de todos os povos?

Devagar, mas com firmeza, seu velho sonho vai ganhando substância para abandonar o campo da abstração e transferir-se definitivamente para o plano da realidade.

* * *

Varsóvia, a velha capital polonesa, torna-se encantadora na primavera. O vento brando traz perfumes suaves enquanto as árvores florescem na transparência da atmosfera.

Lázaro caminha pela rua. Seu olhar capta as belas imagens a sua volta e em todo ele freme de novo a alegria de viver.

O jovem contempla, feliz, pessoas, animais e coisas, a quem se sente ligado por estranhos fluidos de solidariedade. Sua alma está vibrando e, embora não articule palavras nem formule frases mentais, dela se evola esta mensagem: Obrigado, irmão, pela tua presença que me reconforta e pelo teu quinhão de esforço em prol do bem comum! Obrigado, cavalo, pelo serviço valioso que prestas, puxando a carroça! Obrigado, flor, pela tua figura harmoniosa e perfume agradável!

Impulsionado por este sentimento, Lázaro sente-se flutuar pela rua, leve como um passarinho.

De repente estaca. O que lhe interrompeu a vibração?

É uma tabuleta, com uma inscrição: "Confeitaria".

Mas o que teria de poético uma simples tabuleta desbotada?

Ele torna a caminhar. Mais adiante, para de novo: outra tabuleta. Desta vez lê: "Portaria".

Agora, sim, ele fez uma descoberta entusiasmadora: aquela minúscula terminação -ria representa a solução para o problema das palavras: uma língua planejada já não precisa de um vocabulário imenso; basta usar racionalmente, e até as últimas consequências, todas as possibilidades dos afixos.[1]

A descoberta multiplica a alegria do jovem. Ele aperta o passo na rua arborizada e começa a cantar em voz baixa, enquanto uma chuva de pétalas provocada pelo vento balsamiza a sua passagem...

---

[1] Nota do autor: Partículas ou letras que se juntam às palavras para lhes modificar o sentido. Exemplos: in, nas palavras incauto, indócil, indigno; -ável, nos vocábulos amável, louvável, apreciável; -ai, nas palavras laranjal, bananal, jabuticabal.

Capítulo 5
Festejando um nascimento

É o dia 5 de dezembro de 1878, ao entardecer. A casa de Lázaro está alvoroçada. Seis ou sete colegas seus do Liceu, onde ele cursa a última série, conversam animadamente no quarto do amigo, no andar térreo. Lázaro está sentado no centro deles, feliz, trocando ideias e respondendo a perguntas, como um autêntico líder. Agora ele se levanta e, chegando à porta, lança um aviso a dona Rosália:
— Mãe, chegou a hora do bolo!
Os colegas animam-se:
— Vai haver bolo, Lázaro?
— Sim, responde o jovem. Minha mãe não faz por menos. Pois não estamos reunidos para festejar um nascimento?
Sorridente, dona Rosália entra com uma bandeja, sob os aplausos dos jovens. Foi ela mesma que fez o bolo em

homenagem a seu filho cujas ideias ela reconhece serem belas e justas.

— Este bolo está apetitoso, dona Rosália – diz-lhe o filho. Mas antes de parti-lo, vamos fazer uma pequena cerimônia.

Todos se põem de pé, em volta à mesa. E começam os discursos. Primeiro o de Lázaro, depois os de alguns outros. O tema praticamente é um só: fraternidade.

Mas o extraordinário é que os oradores já usam a "linguagem universal", recém-criada pelo seu líder. (Sobre a mesa, ao lado do bolo, jazem alguns cadernos com a gramática e o dicionário da nova língua, além de algumas traduções).

Em seguida, com o entusiasmo dos dezoito anos, os jovens cantam o hino da fraternidade, cuja estrofe inicial diz:

Malamikete de la nacjes,
Kadó, kadó, jam temp' está!
La tot' homoze in familje
Konunigare so debá.[2]

Palmas calorosas coroam o final do hino. Dona Rosália parte o bolo e enquanto os moços o saboreiam, eufóricos, a sensível senhora enxuga uma lágrima que ninguém viu.

Agora é todo luminosidade o horizonte de Lázaro. Ele sente que está no caminho certo, conta com o apoio total da genitora e a admiração dos seus mestres e até conseguiu formar um pequenino círculo de discípulos.

Mas essa euforia será passageira. À revelia dele pequenas nuvens se acumulam pouco a pouco, preparando a tempestade que por longo tempo irá obscurecer o seu céu interior.

---

[2] Nota do autor: Inimizade entre as nações, fora, fora, já é tempo! Toda a humanidade deve unir-se numa só família.

Capítulo 6
Rigor paterno

 Realmente todo aquele entusiasmo dos seus colegas de liceu tinha sido fogo de palha: um a um os "discípulos" estavam abandonando o "mestre" e, após a formatura, decorridos apenas seis meses do nascimento da "linguagem universal", já ninguém mais procurava a Lázaro para falar-lhe sobre ela.

 Assim é o destino dos que lutam para melhorar o mundo: nos primeiros momentos não lhes faltam adesões entusiásticas, mas quando os futuros "apóstolos" esbarram com a incompreensão, o escárnio e a hostilidade do ambiente, eles abandonam a causa e seu líder com a maior sem-cerimônia.

 Mas um aborrecimento bem maior está prestes a desabar na existência de Lázaro.

 O curso secundário está concluído. E agora, que profissão irá seguir?

Os judeus do Império Russo têm poucas opções, a Medicina é a mais atraente. O professor Marcos já decidiu: seu filho será médico e, para isso, estudará na Universidade de Moscou.

Lázaro está no seu quarto, preparando as malas para a viagem. Ideias opostas enxameiam-lhe na mente: a fama da capital do Império, a expectativa da vida universitária, mas por outro lado a solidão, a ausência da mãe. E como será Moscou no tocante às relações inter-raciais?

A voz do professor Marcos interrompe estas cogitações:

— Lázaro, quero falar com você.

— Sim, pai, estou às ordens.

— O que vou dizer-lhe sei que irá magoá-lo, mas o meu dever de pai me obriga a isso...

O jovem abre bem os olhos para não perder nada.

O professor prossegue, com serena firmeza:

— Tenho acompanhado à distância os seus trabalhos em prol de uma língua universal. Reconheço nobreza da ideia, mas chegou o momento de você abandoná-la, ao menos provisoriamente. Já há algum tempo colegas meus me alertaram sobre os perigos que essa atividade poderia acarretar-lhe: um esgotamento nervoso. Até uma perturbação das faculdades mentais...

"Não intervim antes porque até aqui você tem ido muito bem nos estudos. Mas agora que você vai seguir um curso puxado, não posso permitir que desvie suas energias para outra coisa além da Medicina. Por isso você vai prometer-me uma coisa..."

— O quê, pai?

— Que abandonará a ideia de língua universal pelo menos até formar-se médico.

Vivendo numa época em que a autoridade paterna é acatada como um oráculo, mas sobretudo pela sua índole obediente, o jovem consegue balbuciar:

— Sim, prometo.
— E quero outra coisa – prossegue firme o pai. — Quero que você me entregue todos os cadernos onde registrou a sua língua.
— Está bem. Vou buscá-los.

A decisão do genitor abalou profundamente a Lázaro, que está pálido e com a pulsação acelerada. Se a língua universal fosse para ele um simples passatempo, vá lá! Mas agora, e mais do que nunca ele o sente precisamente agora, ela se tornou para ele a sua própria razão de viver.

Não sabia o professor Marcos que guardando aquele material linguístico numa gaveta da sua escrivaninha, estava como que enterrando o mais lindo sonho do seu primogênito!

As tempestades morais que se abatem sobre o ser humano superam de longe, nos estragos, as violências das intempéries. Mas, mesmo nas piores circunstâncias da existência, ninguém fica totalmente só. Para consolar o nosso Lázaro, é dona Rosália quem movimenta as suas imensas reservas de carinho e compreensão.

Capítulo 7
Alegria e tristeza

Moscou. As torres do Kremlin. A neve, os trenós. O ano é 1879. Na universidade cheia de estudantes, Lázaro encaminha-se para a sala de Anatomia. Acompanhado de um assistente, o catedrático aguarda os alunos. Um cadáver já está pronto para ser dissecado. Ante o olhar atento dos calouros começa a aula. À medida que a dissecação se efetua, o professor enuncia nomes e mais nomes que os alunos registram. Lázaro igualmente está atento e vai anotando tudo no caderno. Mas imperceptivelmente sua atenção se desvia, o braço pende, a mão já não escreve. Em que estará pensando? Na igualdade fundamental dos seres humanos. A cor da pele, a nacionalidade, a religião, não estabelecem diferenças essenciais entre eles. No fundo são iguais e a maior prova disso pode dá-la a Anatomia. É o velho pensamento da família humana universal que toma conta do seu cérebro.

Mas Lázaro não pode facilitar. Deu a palavra ao pai e, além disso, deve corresponder-lhe ao enorme sacrifício, mandando-o estudar em Moscou. Afinal seu genitor não passa de um modesto professor de línguas que melhora um pouco seus parcos vencimentos acumulando as funções de censor das edições em hebraico e ídiche, em Varsóvia. Por isso Lázaro mantém a palavra dada e aplica-se intensivamente aos estudos médicos.

Mas a sua vocação humanista precisa de expandir-se. E a sua simpatia volta-se para os homens de sua raça, espalhados pelo mundo, perseguidos quase sempre e ansiando por uma terra pátria na Palestina. É o movimento sionista que só triunfaria muito tempo depois.[3]

Entusiasmado por este ideal, ele publica um poema aos hebreus. Mas o seu sionismo não tem nada de agressivo contra as outras raças nem de exaltação exagerada ao mérito dos judeus: é um grito de liberdade, nada mais. Segundo Lázaro, se os judeus precisam de compreensão, eles também têm o dever de compreender as outras raças e distinguir entre massas inocentes e governos opressores. No fundo os judeus também precisam de uma língua universal. É a velha ideia que lhe martela o cérebro de todos os lados.

A mesada que o pai lhe pode mandar é escassa e o jovem universitário faz prodígios para equilibrar o seu orçamento. Após dois anos de permanência em Moscou, a família percebe que a situação é insustentável: por isso Lázaro transfere-se para a Universidade de Varsóvia.

Ei-lo de volta na aprazível capital da Polônia. Seu coração saudoso revê com imensa alegria os familiares e os locais onde passara a primeira juventude. Ruas, árvores, casas, tudo

---

[3] Nota do autor: Precisamente a 14 de maio de 1948 com a proclamação do Estado de Israel.

lhe sussurra uma mensagem de poesia e amizade. Foi aqui, nesta querida Varsóvia, que ele alimentou tantos sonhos um dia, em volta de um bolo, ele e seus companheiros. – Ah! quanta saudade daquele entusiasmo, daquele fogo sagrado que lhe iluminava a existência...

Ele viajara para longe, passara dois anos numa famosa metrópole, conhecera tantas pessoas e coisas, mas nada viera desmentir a sua velha aspiração por uma língua universal. Ao contrário, quanto mais passava o tempo, mais se confirmava a necessidade de criar um elo para tornar a unir essa humanidade tão dividida, mas na essência tão igual nos seus problemas e sonhos...

Em Varsóvia, Lázaro sente-se renascer. Na sua casa, em contato com a mãe e a família, o entusiasmo pela vida brota-lhe com mais vigor e ele decide forçar a situação.

Seu pai saiu, seus irmãos também, e na casa silenciosa apenas dona Rosália se ocupa com os arranjos domésticos.

Lázaro chega-se a ela e diz:

— Mãe, preciso falar-lhe...

Pelo tom do filho, dona Rosália pressente que o momento tão temido está próximo.

Algo preocupada, ela responde:

— Então vamos para a sala. Lá é melhor.

Lázaro penetra na sala, vasta e solene, com seus móveis antigos que agora já não lhe parecem tão grandes: ele já é um moço de barba e bigodes, está com vinte e dois anos.

— Mãe, a senhora sabe que antes de partir para Moscou fiz uma promessa ao pai: não me ocupar com a língua universal. Foi muito difícil para mim, mas respeitei a palavra dada. Naquela ocasião entreguei ao pai todo o material da nova língua. Eu gostaria de rever esse material... Onde o pai o guardou?

Bastante perturbada, dona Rosália contém as lágrimas a custo. Interpretando o silêncio dela como resistência ao seu plano, Lázaro insiste:

— Eu bem sei que vocês preferem que primeiro eu termine os estudos de Medicina, para depois ocupar-me com o meu projeto. Eu também pensei que isso fosse possível, mas não é, não. Principalmente agora que voltei para cá e tudo que me cerca me dá estímulo redobrado para continuar o que comecei. Agora não tenho mais dúvida mesmo: serei médico, quero ser até um excelente médico, mas o ideal maior de minha vida é dedicar-me a uma língua só para toda a humanidade...

A muito custo dona Rosália diz:

— Lazinho, papai rasgou os seus manuscritos...

Um silêncio constrangido se interpõe entre os dois.

Dona Rosália está chorando.

Ante a solidariedade da mãe, Lázaro abraça-a, beija-a com carinho e, quase conformado, pergunta:

— Mas por que ele fez isso?

— Papai agiu assim, julgando que fosse para o seu bem. O grande receio dele era que a língua universal perturbasse o seu juízo...

Lázaro fica pensativo, de cabeça baixa, olhos fixos no tapete. Sua mente está perplexa. Por que a vida é tão contraditória? Por que ela nos dá momentos de grande alegria e logo após se encarrega de desmanchá-la, trazendo-nos tristeza e decepção?

Mistério. Mas o que é o homem senão uma ilha de incertezas cercada de mistério por todos os lados?

Capítulo 8
O trabalho de reconstrução

Após a decepção sofrida com a perda do material linguístico destruído pelo pai, Lázaro faz um balanço da situação. O objetivo essencial de sua vida continua sendo a criação de uma língua universal. Mas o que resta fazer? Começar tudo de novo, reerguendo tijolo a tijolo a enorme construção que lhe consumira tanto tempo e energia?

E por que não? Memória e dedicação produzem milagres, e dedicação e memória sobram em Lázaro.

Mas primeiro é preciso a liberação da palavra empenhada. Por intermédio de dona Rosália, o pai cede. Lázaro compromete-se a não divulgar qualquer trabalho linguístico antes de receber o diploma de médico.

Ei-lo de novo a trabalhar no seu projeto. Sua memória prodigiosa reconstitui sem dificuldade o edifício linguístico anterior. Ao lado das soluções antigas, novas fórmulas surgem para melhorar a construção.

Subitamente uma descoberta: o novo edifício é mais sólido do que o que foi destruído. Nele a memória aproveita apenas o material realmente bom, eliminando o que não tem suficiente solidez. A par disso, o esforço mental da reconstituição favorece o surgimento de novos raciocínios e descobertas. Então, a intervenção paterna não tinha sido um mal, mas exatamente um bem! Então, aquilo que parecera uma infelicidade estava sendo na verdade um estímulo para realização mais completa!

Há pouco, falamos em mistério... Mas existem mistérios? Ou existe apenas nossa momentânea limitação de compreender?

* * *

Cabe aqui abrir um curto parêntese relacionado com os pais de Lázaro.

O desdobrar dos acontecimentos narrados dá a impressão de que só dona Rosália favorece diretamente ao filho, mercê de sua elevação espiritual e solidariedade. Já o professor Marcos parece ser um pedagogo enérgico e distante, amigo da disciplina e alheio a sentimentos mais brandos. Mas não é bem assim. Se a genitora cultiva no filho sentimentos nobres, o pai por sua vez impõe a Lázaro a disciplina indispensável para que o seu idealismo produza resultados concretos. Realmente, de que adiantam sonhos nobres sem uma vontade disciplinada para fazê-los medrar no ambiente material cheio de solicitações de ordem prática?

Um e outro, portanto, contribuem com a sua cota valiosa para a formação espiritual do filho.

* * *

Lázaro agora trabalha febrilmente no seu projeto linguístico, durante o escasso tempo disponível após as horas de estudos médicos. Ainda assim, em julho de 1882, quase um ano após a sua volta a Varsóvia, ele faz a sua primeira tentativa para fundar um grupo sionista. Tentativa que se concretizará somente em agosto do ano seguinte. Lázaro, porém, nunca se tornará um líder do sionismo. Como pode ele advogar a causa de um único povo se o seu sonho é muito mais amplo, pois abrange toda a família humana?

Capítulo 9
Reclusão voluntária

Lázaro atravessa agora uma fase extremamente penosa. Sem descuidar dos estudos de Medicina, entrega-se de corpo e alma ao aperfeiçoamento do seu projeto de língua universal. Aquilo que anos antes lhe parecia um instrumento completo de comunicação, é testado agora em inúmeras traduções, evidenciando que nem tudo o que é bom em teoria, funciona a contento na prática. Por isso, ele poda aqui, substitui ali, corrige ou transforma radicalmente acolá.

É um trabalho cansativo que o absorve, afastando-o do convívio social. É um tempo de reclusão, sem diversões, quase sem contatos humanos além aos necessários.

Atormenta-o não apenas a falta de distrações, mas principalmente a necessidade de ocultar seus planos e trabalho. Para que atrair, eventualmente, críticas e oposição, se ele quer conquistar um título acadêmico?

Penetremos no quarto de Lázaro e espiemos por trás de seus ombros: está lendo uma poesia que acaba de compor na língua universal. Leiamos com ele:

> *Meu pensamento*
>
> *No campo, longe do mundo,*
> *Numa tarde de verão,*
> *Uma moça em nosso grupo*
> *Entoa linda canção.*
> *Sobre esperança e desdita*
> *Ela canta, lamentando.*
> *Minha ferida, tocada,*
> *Está de novo sangrando.*
>
> *"Acaso dorme? Oh! senhor,*
> *Por que está assim parado?*
> *Talvez por ter-se da infância*
> *Com saudade relembrado?"*
> *Que dizer? Minha palavra*
> *Não podia ser lastimosa*
> *A uma jovem repousando,*
> *Numa tarde cor-de-rosa.*
>
> *Meu pensamento e angústia,*
> *Esperanças, decepções!*
> *Quanto de mim em silêncio*
> *Foi para vós, doações!*
> *O que eu tinha de mais caro*
> *— a juventude —, chorando*
> *Coloquei-o sobre o altar*
> *Do dever me convocando.*

Sinto um fogo no meu peito,
Eu viver também desejo,
Algo, sem falha, me expulsa,
Se nos folguedos me vejo.
Se não agrada ao destino
Meu esforço e meu labor,
Que a morte venha buscar-me,
Esperançoso – sem dor![4]

É na feitura de versos, como os acima transcritos, que Lázaro encontra algum desabafo para a reclusão em que voluntariamente se encerrou.

---

[4] Nota do autor: Esta composição está muito distante, artisticamente, de outras poesias do Dr. Zamenhof notadamente a *Prece sob o estandarte verde* e *O caminho* adiante transcritas. Publicamo-la, porém, pelo seu alto valor confessional.

Capítulo 10
"Idealista incorrigível"

Corre o mês de janeiro de 1885, Varsóvia está coberta de neve e agora um vento gelado torna ainda mais penosa a saída à rua. Mas na casa do professor Marcos ninguém está preocupado com isso. O coração de todos está aquecido por uma grande alegria: Lázaro, o filho mais velho, vai receber finalmente o diploma de médico. Doutor Lázaro Luís Samenhof.[5] Com que orgulho o professor Marcos e dona Rosália pensam no título adquirido pelo filho... E com que satisfação eles poderão dizer de hoje em diante a amigos e parentes: "O nosso Lázaro já é doutor..."

Esse orgulho legítimo dos pais de todas as épocas é ainda mais compreensível no professor Marcos e dona Rosália, porque eles são judeus, e os judeus do Império Russo têm poucas possibilidades de ascensão social.

---

[5] N.E: Apêndice

Enquanto o professor Marcos ajuda os garotos a dar o nó na gravata e dona Rosália cuida do penteado das meninas, Lázaro, já pronto para a cerimônia, está pensativo. Preocupa-o não enfrentar um rigoroso examinador de matéria médica (ele reenfrentaria com destemor qualquer tipo de exame), mas monstro de centenas de cabeças e olhos chamado público! Porque isso de ser chamado nominalmente, de caminhar diante do olhar de todos, de ser alvo da atenção geral durante toda a colação e até depois, positivamente não é com ele, que é tímido e retraído e por isso prefere a penumbra e o silêncio.

Agora a família já está pronta para sair. Foram contratadas duas carruagens para conduzi-los ao local da cerimônia. Numa delas, acomodam-se os pais e o novel médico; no outro, os demais membros da família.

Enquanto os cavalos avançam lentamente nas ruas cheias de neve, o professor Marcos, bem humorado, diz ao filho:

— Hoje é um dia de grande alegria para mim e para sua mãe. Sua formatura exigiu-nos grandes sacrifícios, mas felizmente você correspondeu. Quero que você continue correspondendo...

— Como assim, pai?

— Refiro-me ao seu projeto de língua universal. Como médico, você deverá ocultar sua ligação com a ideia...

— Não estou entendendo, pai. Combinei com o senhor que enquanto estudasse Medicina, não falaria a ninguém a respeito do projeto, mas depois de formado, eu teria plena liberdade para divulgar minha ideia.

— Você deve publicar seu projeto sem usar o seu nome verdadeiro, e sim, um pseudônimo. Um médico que se ligasse a uma ideia tão revolucionária ficaria prejudicado em seu conceito profissional e você, que pretende começar agora sua carreira, jamais poderia formar a clientela indispensável para o seu sustento...

O jovem reflete um pouco e concorda:
— Realmente, o senhor tem razão.
O pai muda de assunto:
— E quais são seus planos para começar a carreira?
— Pai, a coisa está meio nebulosa... Eu sei que vou clinicar; onde? Com quem? É que são elas... Uma coisa é certa: a Medicina será o meu ganha-pão; mais do que isso, ela me dará a tranquilidade material necessária para que eu possa cuidar da língua universal.

Ante a firmeza do filho, o professor Marcos, algo desapontado, limita-se a dizer:
— Lázaro, você é um idealista incorrigível.

As carruagens pararam. A família apeia. No salão cheio de luzes, a alacridade dos familiares e o nervosismo dos formandos. Abrem-se as cortinas para o início da sessão. Flores. A chamada. Entrega dos diplomas. Discursos. Todo o cerimonial, enfim, que constitui as festas de formatura em todos os tempos e lugares.

Após a cerimônia, com a família estacionada na entrada do edifício, Lázaro agradece contrafeito os cumprimentos risonhos de um amigo de seu pai. Este foi o trigésimo aperto de mão e outro tanto "muito obrigado" do novel médico. Ele não gosta disso, para ele é um tempo perdido que poderia ser empregado em coisa bem mais útil. De resto, só no começo da festa esteve atento: pouco a pouco o seu espírito foi desligando-se do ambiente e voou para o seu quartinho modesto e silencioso, adejando sofregamente sobre uma pilha de manuscritos...

Capítulo 11
Acertando a carreira

Com o diploma de médico, o Dr. Lázaro procura iniciar a sua carreira profissional. Com esse intuito ele se desloca inicialmente para Weisseie, pequena cidade onde mora sua irmã Fania Pikower; depois vai a Kovno e a Plock. Esse início é-lhe muito difícil não só por estar começando, mas principalmente por causas morais. Ao voltar de uma dessas tentativas sem êxito, ele toma uma decisão e resolve comunicá-la ao genitor.

— Pai, a coisa não está correndo como eu esperava...

— Que é isso, Lázaro, já desanimado? Você está apenas começando, rapaz, e o começo é sempre duro...

— Não estou desanimado. Cheguei à conclusão de que não sirvo para fazer clínica geral. Quero especializar-me em oftalmologia.

A notícia surpreende o professor Marcos, que por alguns instantes olha fixamente ao filho. Por fim, pergunta:

— E como você chegou a essa conclusão?

— Na universidade nunca pensei que o sofrimento alheio me perturbasse tanto. Em Weisseie, na casa de Fania, abri meu consultório. Procurou-me uma senhora com uma criança que ardia em febre. Examinei a doentinha e cheguei à conclusão que já não restava nada para fazer. O senhor já avaliou como é difícil para um médico dizer para alguém: "Minha senhora, sua filhinha vai morrer... ?"

— Você disse isso a ela?

— Não, não disse. E efetivamente, poucas horas depois a criança morria. Até agora repercutem no meu espírito os gritos desesperados da pobre mãe. É preciso ser de ferro para enfrentar certas situações.

— E a clínica de olhos é diferente?

— Ah! muito... As doenças da vista podem provocar no máximo a cegueira, mas jamais a morte. Já me informei: em maio começará um curso de oftalmologia no hospital judeu... Vou inscrever-me.

E assim o Dr. Lázaro descobre o ramo da medicina mais afim ao seu temperamento. Um ano depois, em maio de 1886, ele estará em Viena para concluir sua especialização em doenças dos olhos.

Mas se o jovem médico, graças à colaboração do pai, se realiza profissionalmente, a língua universal parece destinada a mofar na escrivaninha do seu criador. Aliás, ela já está prontinha, após exaustivas provas levadas a cabo por meio de inúmeras traduções. Até nome novo tem: *lingvo internaciá*, que é sem dúvida mais modesto e realista. Mas falta-lhe editor, que Lázaro inutilmente procurou nos últimos dois anos: ninguém quer arriscar dinheiro em obra de saída tão problemática. Por fim, quando ele encontra um, sofre mais uma decepção: o editor fica com os manuscritos durante seis meses e finalmente desiste.

Se para se realizar profissionalmente Lázaro conta com o apoio integral do pai, no caso da língua internacional ele está sozinho, armado somente de boa vontade. Mas essa solidão é apenas provisória. Quando o trabalho é importante para o bem geral, o obreiro não pode ficar sozinho.

Capítulo 12
Casamento à vista?

Em fins de 1886, após concluir seu curso de oftalmologia em Viena, o Dr. Lázaro está de volta a Varsóvia, onde monta um consultório na casa do pai.

Nesse tempo ele conhece Clara Zilbernik, filha de um comerciante de Kovno. É uma jovem espirituosa, alegre, de bom coração. O Dr. Lázaro enamora-se dela e seu sentimento é correspondido. Mas o jovem médico não alimenta excessivas esperanças. Ele conhece suas limitações e decide pôr as cartas na mesa. Por isso, esta noite ele vai contar-lhe tudo. Se ela o aceitar assim mesmo, casamento à vista! Caso contrário, paciência!

Lázaro está habituado a esperar.

Eis os dois jovens sentados na sala de visitas da casa da moça. Já conversaram sobre coisas sem importância e o Dr. Lázaro percebe que é chegado o momento de resolver o assunto.

— Clara, diz ele, você já conhece meus sentimentos em relação a sua pessoa... Se você se casasse comigo, eu seria o homem mais feliz do mundo... Mas preciso abordar um assunto que até agora não lhe mencionei...

A jovem pisca, manifestando surpresa, e redobra o interesse. Que revelação estaria para lhe fazer aquele moço de olhar profundo, que lhe desperta interesse incomum? Alguma aventura galante? Alguma rival?

O Dr. Lázaro limpa a garganta e continua:

— A Medicina, Clara, não é o objetivo fundamental de minha vida. Sou médico em início de carreira, quero ser um oftalmologista de renome, mas minha ambição vai além: quero reunificar a humanidade...

Clara está espantada. Realmente, agora ela começa a compreender a profundeza daquele olhar, os longos silêncios do rapaz...

Ela pergunta:

— Reunificar a humanidade? É um programa ambicioso! E o que você tenciona fazer para isso?

O Dr. Lázaro enfia a mão no bolso interno do paletó e tira um caderno.

— Veja, diz ele, aqui está o meu projeto.

Clara pega o caderno e vai lendo atentamente.

— "Internácia lingvo". Que engraçado... Parece-me algo conhecido, mas não sei bem o que é.

— A pronúncia certa é "internatsía língvo", corrige Lázaro. Significa "língua internacional".

— Ah! agora compreendo. Você quer uma língua só para toda a humanidade, não é isso, Lázaro?

— Não é bem assim... Eu quero uma segunda língua para cada homem, além do idioma pátrio. Em outras palavras, para cada povo, o seu idioma; mas para os contatos internacionais, como em viagens, congressos e publicações de interesse mundial, uma língua internacional e neutra!

A jovem continua folheando o caderno com interesse e descobre amiúde palavras e até frases inteiras de sentido imediatamente compreensível.

— Vejo que você se utilizou de algumas palavras da nossa língua...

— Sim, eu fiz uma seleção das principais línguas faladas no mundo. Sessenta por cento das palavras eu os tomei do latim ou línguas neolatinas; trinta por cento dos idiomas anglo-germânicos e os restantes dez por cento provêm de múltiplas origens.

— Então você fez uma espécie de salada... — diz, sorrindo, Clara.

— Exatamente, com a esperança de que ela agrade a todos os paladares. Mas o meu forte é o tempero...

A jovem fita, curiosa, ao seu interlocutor. O Dr. Lázaro sorri por sua vez e esclarece:

— Refiro-me à gramática. Reduzi-a a apenas dezesseis regras, assimiláveis em poucos minutos.

— E a pronúncia é difícil? Na minha primeira leitura você já me corrigiu...

— Facílima. Em todas as palavras o acento cai na penúltima sílaba... Aliás, a língua toda é muito fácil, principalmente se comparada com os idiomas naturais. Eu acredito que, sendo publicada, ela ganharia imediatamente um grande número de adeptos. O problema é que não acho editor. Ninguém quer arriscar dinheiro...

Exposto o supremo ideal de sua vida, o Dr. Lázaro está tranquilo. Agora ele aguarda que a jovem se manifeste.

Após alguns instantes de silêncio, Clara toma a palavra:

— Não estou entendendo, Lázaro. Quando você disse que me revelaria algo, eu pensei, pelo seu tom, que fosse algo... algo... como dizer?... diferente! Mas você me falou de uma língua internacional... Em que esse projeto pode se interpor entre nós?

— Clara, eu quero que você compreenda o seguinte: eu tenho uma profissão, sou médico oculista, mas minha mentalidade é diferente da comum: eu não pretendo enriquecer... Quero lutar pelo meu ideal, você compreende? E quem se unir a mim, não irá passar fome certamente, mas também não viverá na fartura...

A moça reflete um pouco e, depois, diz convicta:

— Se o impedimento é só esse, para mim não existe.

— Em todo caso, aconselhe-se com seus pais. Eu gosto muito de você, mas não quero forçar nada...

Pouco depois, os jovens se despedem.

Clara está feliz e absolutamente tranquila antevendo para breve a concretização dos seus sonhos. Mas o Dr. Lázaro preocupa-se. Não teria sido melhor calar-se a respeito do seu projeto? Porque agora o namoro parece arruinado: os pais de Clara são comerciantes, pessoas práticas, jamais aprovarão um idealista para marido de sua filha.

Que espécie de ventos soprarão agora na vida do Dr. Lázaro?

Capítulo 13
A companheira

É fácil imaginar as horas de angústia que viveu o rapaz após o último encontro com Clara. O dever de ser honesto fê-la abrir-se com a jovem, mas essa confissão poderá perdê-lo. Por isso ele anseia rever a namorada, mas ao mesmo tempo quer adiar o reencontro, temeroso de uma condenação.

Finalmente chega o momento terrível em que os lábios da mulher amada proferirão a sentença decisiva: "Juntos eternamente!" ou "adeus para nunca mais!"

Mas não ocorre nenhum drama... Clara recebe-o e comunica-lhe logo:

— Está tudo resolvido. Papai concorda com a sua ideia.

O Dr. Lázaro sorri e pede:

— Conte-me como foi. Repita-me as palavras dele.

— Foi muito simples. Expliquei o seu projeto, relatei o que você me falou sobre a língua e ele simplesmente aprovou.

— Mas seu pai não fez nenhuma restrição ao fato de eu ser idealista?

— Não, ele confia na sua honestidade e bom senso. Além disso, parece-me que gostou tanto de sua iniciativa que quer falar-lhe a respeito...

O Dr. Lázaro saboreia em silêncio o êxito alcançado e finalmente pergunta:

— E você, Clara, está mesmo decidida a seguir-me na luta pelo meu ideal maior?

Após a conversa mantida no encontro anterior, a jovem não esperava essa pergunta, mas, sem perder o equilíbrio emocional, responde:

— Um ideal exige um mestre e discípulos do seu nível, mas não dispensa a ajuda de tarefeiros humildes.

"Eu quero ser um deles. Para começar, saiba que tomei uma decisão..."

O Dr. Lázaro está encantado com a firmeza da jovem. Ela prossegue:

— O dote que vou receber de meu pai, você pode aplicá-lo na divulgação da língua internacional.

O jovem médico sorri. Seu coração vibra de contentamento. Como está feliz! Ah! valeram, e de sobra, os longos anos de isolamento e de angústia...

Agora a vida sorri para ele: mais que a mulher, ele encontrou a companheira, e a sua mensagem de confraternização endereçada à família humana deixará finalmente o silêncio do seu quartinho para ganhar os caminhos amplos do mundo.

Capítulo 14
Ajuda inesperada

No dia 30 de março de 1887 oficializa-se o noivado de Clara com o Dr. Lázaro. Pequena reunião festiva realiza-se na casa da noiva.

O sr. Zilbernik, pai de Clara, está particularmente satisfeito com o noivado. Simpatizou com o rapaz e, além disso, sua filha irá casar-se com um doutor. Para ele, modesto comerciante, é uma espécie de promoção.

Agora os futuros sogro e genro estão sentados, conversando.

— Clarinha me contou alguns pormenores sobre a língua internacional, mas eu gostaria que você me dissesse mais alguma coisa a respeito. Por exemplo: por que você partiu para a criação de outra língua em vez de aproveitar qualquer uma das existentes ou que já existiram?

— É muito simples, sr. Zilbernik: as línguas mortas são complexas e insuficientes para o mundo moderno e as línguas vivas padecem de um vício capital: a nacionalidade. Só uma língua neutra pode ser aceita por todos os povos.

— Mas colocando sessenta por cento de radicais latinos, você não favoreceu os povos que falam línguas derivadas do latim?

Agradavelmente surpreso com o interesse real do futuro sogro, o Dr. Lázaro responde:

— O meu critério, ao selecionar os radicais, não foi o de favorecer este ou aquele grupo de povos. Se fosse assim eu teria colocado mais vocábulos do nosso ídiche... ou do hebraico... ou do russo... Eu me ative ao critério da internacionalidade: só escolhi as raízes mais divulgadas. Raízes latinas são encontradiças mesmo em línguas não derivadas do latim... Mas o seu interesse pelo meu projeto é lisonjeiro... Peço-lhe que continue fazendo-me perguntas a respeito.

O sr. Zilbernik sorri e, após saborear um gole de licor, declara:

— Como você sabe, não tive oportunidade de estudar. Desde pequeno o comércio tomou conta de mim. Mas sempre tive admiração pela cultura e pelos homens cultos. Quando Clarinha me falou do seu plano, eu percebi que poderia ajudar de alguma forma...

— E o senhor de fato ajudou aceitando-me como genro...

O sr. Zilbernik solta uma risada gostosa e, batendo a mão na perna do rapaz, lhe diz:

— Não seja tão modesto assim, Dr. Lázaro. Nesse caso eu deveria retribuir dizendo: "Muito obrigado eu, por pretender casar-se com minha filha...". A ajuda em que pensei é de outra espécie...

O Dr. Lázaro está espantado. Depois da adesão de Clara e da compreensão dos sogros existirá brecha para nova alegria?

O sr. Zilbernik prossegue:

- Clarinha me falou das suas dificuldades em achar um editor para a língua internacional. Com a sua licença eu financiarei a primeira edição. Será o meu presente de casamento e também uma pequena ajuda para a realização de uma grande ideia...

* * *

Há alguns meses Lázaro vive no mundo mágico dos sonhos e das esperanças prestes a concretizar-se. Clara foi a fada que abriu as portas desse mundo. Contudo ele sabe que, mais cedo ou mais tarde, terá de descer dessas esferas multicores para as estradas poeirentas e pedregosas da realidade. Mas não são os sogros, como ele esperava, os artífices da descida. Pelo contrário, são eles que fornecem o combustível ideal para o seu sonho...

Capítulo 15
Lançamento da língua internacional

Resolvido o problema do financiamento do primeiro livro (de língua internacional), o Dr. Lázaro entrega as provas tipográficas à censura. Ele está muito excitado: durante longo tempo sonhou com a publicação da obra e agora, que isso está prestes a realizar-se, pergunta a si mesmo: será que vale a pena ir até o fim? Não seria melhor desistir agora, garantindo para mim e minha família a necessária tranquilidade e o respeito público para a minha função de médico? Depois da publicação do primeiro livro será tarde demais...
    Mas tarde demais é para recuar. A ideia de língua internacional já se lhe entranhou no sangue, se não a defender até o fim da vida será para ele um suicídio moral.
    O Dr. Lázaro aguarda impaciente o pronunciamento do censor. Por que está demorando tanto? Já faz dois meses que as provas lhe foram entregues...

Nesses dias de expectativa ansiosa o Dr. Lázaro escreve um poema curto que bem traduz o seu estado de espírito:

OH! CORAÇÃO!

Oh! coração, não batas tão nervoso,
Do peito agora não me saltes, não!
Já controlar-me é para mim penoso,
Oh! coração!
Oh! coração! Ao fim da trabalheira
Será que vou perder o galardão?
Já é demais! Repousa da canseira,
Oh! coração![6]

Finalmente no dia 2 de junho de 1887 sai a autorização da censura para o primeiro livro e em 26 de julho a obra vem a lume. É um livro escrito em russo, que assim se apresenta:

> Dr. Esperanto, língua internacional. Prefácio e Manual Completo (para russos).
> Varsóvia, tipo-litografia de H. Kelter, Rua Novolipie, n° 11 – 1887.

A obra traz um lema: "Para que uma língua seja universal, não basta dar-lhe esse título."

"Dr. Esperanto", eis o pseudônimo achado pelo autor para defender a sua atividade profissional de um eventual descrédito, ante os preconceitos vigentes. Na nova língua ele significa: "doutor esperançoso".

Já na segunda página pode-se ler:

---

[6] N.E: Tradução do autor.

A língua internacional, como qualquer língua nacional, é propriedade comum; o autor desiste para sempre de todos os direitos pessoais sobre ela.

A obra contém, além do prefácio, o alfabeto da nova língua, as dezesseis regras de gramática, alguns textos: a prece cristã Pai-nosso, trechos da *Bíblia*, modelo de carta, poema "Meu Pensamento", uma tradução de Reine, poema "Oh! coração", e dicionário internacional russo contendo cerca de novecentas raízes.

No prefácio aparecem modelos de "promessas" para preencher: "Eu, abaixo assinado, prometo que aprenderei a língua internacional do Dr. Esperanto, se ficar provado que dez milhões de pessoas subscreveram esta mesma promessa". Quando esse número de pessoas tiver respondido, o Dr. Esperanto publicará seus nomes e endereços. Os que não aprovarem, deverão responder "contra" ou propor mudanças; os que desejarem aprender logo a língua deverão devolver o papel com a inscrição: "incondicionalmente".

O prefácio contém uma referência profética ao próximo fim do Volapuque, tentativa de língua internacional que então gozava de grande prestígio[7]. E mais adiante o Dr. Lázaro apresenta a fórmula conveniente para o êxito de uma língua internacional:

1) a língua deve ser tão fácil que se possa aprendê-la brincando:
2) desde o começo ela deve servir como recurso efetivo para comunicações internacionais;
3) ela deve vencer a indiferença do mundo e tornar-se uma língua viva.

---

[7] Nota do autor: Foi publicado em 1880 pelo prelado alemão J, M.Schleyer. O vocábulo "volapuque" foi formado com duas palavras inglesas: "world" (mundo) e "speak" (língua).

Pouco tempo depois de sua publicação em russo, o primeiro livro sai nas edições polonesa, francesa, alemã e inglesa.

* * *

Em 8 de agosto desse mesmo 1887, o Dr. Lázaro e Clara se casam, sendo a cerimônia realizada no Salão Harmonia, em Varsóvia.

Que valiosa companheira o destino lhe trouxe! Clara lhe dá completo apoio material e moral.

Ei-los os dois, sentados na sala do modesto apartamento da Rua Przejazd, nº 9. Ele consulta listas de endereços do país e do estrangeiro; ela escreve nomes e endereços para remessa da brochura a pessoas, associações e jornais de todo o mundo. Essa atividade de propaganda inclui também a publicação de anúncios pagos em jornais estrangeiros.

Que momentos de satisfação espiritual vive agora o Dr. Lázaro! Acabou-se definitivamente a solidão que marcara os seus anos de estudante. Uma esposa terna, compreensiva e inteligente dá-lhe força moral para prosseguir na luta. E doravante uma segunda família, cada vez mais numerosa, se formará em torno deles...

A campainha toca. Clara vai atender. Na volta traz uma carta. O Dr. Lázaro abre-a sofregamente e lê em língua internacional.

Prezado Dr. Esperanto,
Remeto-lhe inclusa minha "promessa" de estudar a sua língua "incondicionalmente", pois não vejo nenhuma razão para propor mudanças.
Considero maravilhosa a sua invenção!
Receba o respeitoso abraço do seu admirador.

F."

Ante a primeira manifestação de vida de sua língua, o Dr. Lázaro beija a Clara demoradamente, relê a carta e põe-se a exclamar entusiasmado: — Ela vive!... Ela vive! E-LA VI-VE...

Capítulo 16
Atividade editorial

O êxito do *Primeiro livro* é tão animador que o Dr. Lázaro lança no ano seguinte o segundo livro, já todo escrito na língua internacional[8]. Aliás, desde o começo, a língua do Dr. Esperanto passa a chamar-se simplesmente esperanto.

"Saindo mais uma vez a público", diz o autor, entusiasmado, no prefácio, "sinto o dever, antes de tudo, de agradecer aos leitores pela viva aprovação que demonstraram pela minha causa. As numerosas promessas que recebo, grande parte das quais está subscrita com o termo "incondicionalmente", as cartas com estímulos ou conselhos, – tudo isto prova-me que minha profunda confiança no gênero humano não me enganou.

O bom gênio da humanidade despertou: para o trabalho comum, chegam de todos os lados multidões que em geral

---

[8] Nota do autor: A autorização da censura data de 13/01/1888.

são tão indiferentes para qualquer novidade; jovens e velhos, homens e mulheres apressam-se em trazer seu tijolo para a grande, importante e utilíssima construção!

Mais adiante o Dr. Lázaro anuncia a publicação de cinco ou seis cadernos em suplemento ao segundo livro, onde serão achadas respostas às perguntas que lhe chegam de todos os lados.

> Quando o último caderno do livro tiver saído, já nada permanecerá obscuro, para o leitor: o público conhecerá então toda a índole da língua, disporá de um vocabulário completo e poderá usar livremente o esperanto para todos os fins como pode agora usar seu rico e trabalhado idioma nacional. A dependência da língua da vontade ou do talento de minha própria pessoa, ou de alguma outra, ou de um grupo de pessoas, desaparecerá de todo. O esperanto estará completamente pronto inclusive nas suas menores partes. A pessoa do autor desaparecerá então da cena e será esquecida. Após isso, quer eu ainda viva, quer morra, conserve a saúde de meu corpo e de minha mente, ou a perca – a língua internacional não dependerá absolutamente disso, assim como a sorte de uma língua viva não depende em absoluto da sorte desta ou daquela pessoa.

Modestamente, o Dr. Lázaro reconhece que a obra de um só homem não pode ser perfeita; por isso

> tudo o que for passível de melhoramento será melhorado pelos conselhos do público. Eu não quero ser o criador da língua, eu quero ser apenas iniciador.

E democraticamente, após avisar que durante todo o ano de 1888 o esperanto permanecerá sem nenhuma mudança, anuncia que todas as propostas de alteração serão divulgadas para que o público se manifeste e seja encontrada, de comum acordo, a forma final. Mas isso só acontecerá se nenhuma academia competente manifestar interesse em fazer esse trabalho.

No fim do prefácio ele insiste na campanha das dez milhões de "promessas".

* * *

Em junho de 1888 o Dr. Lázaro publica o *Suplemento ao segundo livro de língua internacional*. Satisfeito, ele comunica que a Sociedade Filosófica Americana, de Filadélfia, fundada por Franklin, em 1743, nomeou uma comissão para estudar e decidir estas questões: é necessária uma língua internacional? Ela pode ser criada? Como deve ser ela? O resultado dos trabalhos da comissão foi a decisão seguinte: uma língua internacional pode ser elaborada; ela é necessária; deve possuir a gramática mais simples e natural possível, com a mais simples ortografia e fonética, e as palavras devem ser agradáveis de ouvir; o vocabulário deve ser criado com vocábulos mais ou menos reconhecíveis aos mais importantes povos civilizados; a forma final dessa língua deve ser o fruto dos trabalhos não de uma só pessoa, mas de todo o mundo culto.

Exatamente como ele mesmo havia previsto em teoria e estava executando na prática! Baseada nas conclusões da comissão, a Sociedade Filosófica decidiu propor a todas as entidades culturais a realização de um congresso para resolver a forma definitiva da língua mundial.

A seguir, o Dr. Lázaro transcreve o parecer sobre o esperanto, lavrado pelo Sr. Henry Phillips Jr. (um dos três membros daquela comissão), onde se tecem grandes elogios a essa língua e se propõem algumas poucas mudanças.

Em vista da decisão da Academia, o Dr. Lázaro comunica que não publicará outros cadernos nem fará alterações no esperanto: isso será da alçada exclusiva do futuro congresso. A única alteração adotada por ele será nas formas adverbiais *ian*, *chian*, *nenian*, *kian*, *tian*, que passarão a ser escritas com "m": *iam*, *chiam*, *neniam*, *kiam*, *tiam*[9], para diferenciarem-se das formas pronominais em acusativo.

Quanto ao vocabulário, reconhece que não está completo, mas isso não é obra para um homem só, porque "uma língua mundial deve ser aprontada paulatinamente pelo trabalho conjunto de todo o mundo civilizado". Trabalho conjunto que deve ter um fundamento comum, para que a língua se mantenha uniforme. "Este fundamento comum para a língua internacional deve ser a minha primeira brochura, que contém toda a gramática e um número bastante grande de palavras."

"O resto deve ser criado pela sociedade humana e pela vida, como vemos em todos os idiomas vivos."

* * *

Em outubro de 1889 sai a primeira lista de endereços, contendo os nomes de mil esperantistas de diversos países. Em pouco mais de dois anos de existência, a literatura do esperanto já conta 29 obras publicadas.

Mas se a língua internacional vai de vento em popa, o mesmo não se pode dizer da vida particular do seu iniciador. Efetivamente, já lhe nasceram os filhos Adão e Sofia, as despesas vão aumentando, e o Dr. Lázaro ainda não conseguiu firmar-se na sua profissão.

Lá está ele em seu consultório vazio, aguardando a chegada de pacientes. Uma onda de desânimo se abate sobre o

---

[9] Nota do autor: "Uma vez", "sempre", "nunca", "quando", "então".

médico sem clientela. Para que seu pai fez tantos sacrifícios para formá-lo? Para que ele estudou tanto, primeiro tão longe, em Moscou, depois em Varsóvia, finalmente em Viena? Para espantar a tristeza, o seu espírito volta-se inconscientemente para a sua amada língua internacional. E enquanto os raros clientes não aparecem, o silêncio do consultório é um convite amplo para a meditação e a elaboração das mensagens do Dr. Esperanto.

Capítulo 17
Dificuldades materiais

Em 1885 fundou-se em Nurembergue (Alemanha) um clube volapuquista cujo membro mais fervoroso chamava-se Leopold Einstein. Esse senhor chegou a escrever cerca de duzentos artigos em jornais diversos, em favor do Volapuque. Porém, quando recebe o primeiro e o segundo livro do Dr. Esperanto, fica tão entusiasmado com a novidade que escreve nestes termos ao Dr. Lázaro:

> A questão da língua internacional está enfim completamente resolvida, e com alegria eu o cumprimento por essa solução. O que eu há muito esperava, enfim chegou.
>
> Trabalhando pelo Volapuque eu disse a mim mesmo que uma metade desta língua (a gramática) é boa, mas a outra metade (o vocabulário) é má; mas eu temia que nada poderia ser perfeito e uma parte deveria sofrer para compensar a outra. Mas na língua internacional, a primeira

parte e a segunda estão resolvidas muito bem e por isso exclamo com plena certeza: a questão da língua internacional está enfim completamente resolvida! Porque nunca poderá ser criada uma gramática mais simples do que a da língua internacional e nenhum vocabulário poderá ser construído logicamente sobre princípios diferentes dos da língua internacional. Se nesta talvez sejam encontrados erros, trata-se de coisas insignificantes que com o tempo serão facilmente melhoradas sem necessidade de romper o sistema. É fora de dúvida que a futura língua do mundo pode ser apenas a internacional, ou na sua forma atual ou em forma algo mudada em pormenores, mas não no fundamento. Outro fundamento é impossível, e assim eu posso agora trabalhar absolutamente tranquilo, sem temor de que algum dia eu deva afastar-me do sistema.

Pouco depois de sua adesão, Einstein publica em alemão a brochura *A língua internacional como a melhor solução para o problema da língua mundial*, e começa intensa propaganda a favor do esperanto na Alemanha. Graças aos seus esforços, em dezembro de 1888 convertem-se à Língua Internacional todos os membros do Clube Volapuquista de Nurembergue.

Em 1° de setembro de 1889, aparece o primeiro número de *O esperantista*, jornal para os amigos da língua esperanto, com a colaboração do Dr. Esperanto, editado por Chr. Schmidt, presidente do Clube da Língua Mundial de Nurembergue.

É o elo que faltava para manter ligados os esperantistas do mundo e anunciar-lhes os progressos do movimento já internacional.

* * *

Mas apesar de todas as vitórias, o Dr. Lázaro está abatido. À mesa, enquanto almoça, a esposa observa-lhe o silêncio sem nada perguntar, porque ela já conhece o motivo da aflição.

É o próprio Dr. Lázaro que toma a palavra:

— Clara, tomei uma decisão desagradável, mas não há outro jeito...

O olhar da esposa reflete preocupação. O marido continua:

— A situação em Varsóvia é insustentável. O consultório está sempre vazio e quando aparece algum doente é alguém tão pobre que não pode pagar... Sei que em Herson não há oculista e os doentes precisam fazer viagens longas para o tratamento. Vou tentar a sorte lá... Se a coisa correr bem, virei buscar vocês...

Dona Clara suspira. A vida em Varsóvia não está fácil, mas pelo menos estão juntos. Ela procura reter o marido:

— Mas a coisa tem de melhorar e o papai pode ajudar-nos. É só falar com ele.

O Dr. Lázaro repele a solução:

— Clara, isso não fica bem. Quando se tratou da publicação das brochuras, eu não tive dúvidas: aceitei, mas o sustento do meu lar é tarefa que compete só a mim...

Naquela noite, preparando as malas, o Dr. Lázaro faz um balanço da sua vida. É certo que viajar, deixando para trás a família, para recomeçar a vida em lugar novo, não é uma opção muito atraente... Mas por outro lado, o seu grande sonho vai conquistando o mundo. Seria tão bom para ele se as duas coisas, sua carreira profissional e o esperanto, tivessem êxito igual. Mas o Dr. Lázaro é filósofo e consola-se lembrando que se o seu consultório estivesse cheio de clientes, certamente não lhe sobraria tempo nem energia para comandar a arrancada inicial do esperanto.

Algumas malas já estão prontas. Clara acabou de dar mamadeira às crianças e avizinhando-se pergunta:

— Para que tanta bagagem?

— Esta é a maleta do instrumental médico. E as demais contêm livros, dicionários, jornais e cadernos. A roupa vou pô-la naquela.

Clara diz-lhe com ar brejeiro:

— Você me disse que ia para Herson clinicar...
Pelo que eu vejo, você pretende esperantizar[10] toda a cidade, não é?

O marido sorri e responde simplesmente:

— E o que tem isso? Uma coisa não impede a outra.

O Dr. Lázaro estava preocupado, não tanto consigo, mas pela reação da esposa à sua partida. Mas a compreensão de Clara é impressionante. O espírito do Dr. Lázaro está agora totalmente desanuviado.

---

[10] Nota do autor: Esperantizar: ensinar o esperanto, tornar alguém conhecedor do esperanto. O vocábulo não está dicionarizado, mas circula entre os esperantistas.

Capítulo 18
"Impossibilidade absoluta"

Desde setembro de 1889 circula mensalmente *O esperantista*, jornal que serve de elo entre os adeptos, e de estímulo, ao mesmo tempo, por informar sobre os progressos do movimento. O segundo número anuncia a formação de grupos em Moscou e Sofia.

O Dr. Lázaro mantém a coluna *Respostas aos amigos*, na qual, respondendo a cartas, propõe a criação de uma liga com autoridade para guiar o movimento esperantista, uma vez que o congresso planejado pela Sociedade Filosófica Americana ainda não se realizara e muito provavelmente nunca se realizaria.

No fim de 1889 o jornal conta 113 assinantes, em sua maioria da Rússia.

* * *

Herson não é favorável ao Dr. Lázaro. A mesma escassez de clientes, a mesma dificuldade de receber honorários e, por cima, ausência da família e despesa dupla: aqui a pensão, e o aluguel em Varsóvia.

O regresso se impõe de forma inevitável.

Na capital polonesa o Dr. Lázaro assume a responsabilidade de editar *O esperantista*.

As dificuldades materiais são grandes, mas como evitar o novo encargo?

Apesar da expansão, o movimento é frágil ainda e se o seu principal veículo de comunicação não estiver em mãos hábeis, todo o esforço de tantos anos será perdido.

Mas a luta é desigual. A impressão de *O esperantista* custa 500 rublos por ano e as assinaturas cobrem apenas metade dessa importância. Enquanto dispõe de capital próprio, o Dr. Lázaro aplica-o generosamente para manter o jornal. Mas as reservas se acabam e ele deve contrair dívidas.

> Sua situação torna-se sempre mais intolerável: porque não só pode ele sonhar com a cobertura das dívidas, mas a isso se ajunta ainda esta circunstância: ocupado o dia todo com o assunto em que ele deve ser tudo em uma só pessoa, não tendo assim nem a mente livre nem tempo suficiente para fazer outra coisa, vê-se obrigado a descurar de sua atividade profissional que deveria dar-lhe sustento a ele e à família.[11]

Tudo isso ele comunica aos leitores do jornal em agosto de 1891, acrescentando:

---

[11] Nota do autor: *O esperantista*, 1891, n. 50, *apud Originala Verkaro*, L. L. Zamenhof, do Dr. J. Dietterle, Lípsia, 1929, pág. 126.

No uso dos últimos recursos aguentei quanto pude; mas para toda possibilidade há um limite, e agora o limite chegou. Como está, não é possível continuar, porque chegou o tempo da impossibilidade total.

Mas, homem afeito a soluções práticas, não se limita ao desabafo: propõe, mais adiante, uma Sociedade Esperantista por Ações para garantir a edição do jornal e de livros. O plano está bem estruturado, mas não encontra ressonância imediata.

No fim de 1891 o Dr. Lázaro comunica pelo *O esperantista* que deve interromper o seu trabalho para a língua internacional por algum tempo porque "existem circunstâncias contra as quais a maior boa vontade pode lutar até certo limite, até que chega um momento de absoluta impossibilidade". Esse afastamento durará "até que minha situação mude e eu de novo, com redobrada energia, possa recomeçar o trabalho na causa que é objetivo total de minha vida".[12]

A notícia se abate como um raio sobre a pequena comunidade esperantista!

Mas para atenuá-la, em pós-escrito a esse mesmo comunicado, o Dr. Lázaro informa: "No último momento recebemos uma informação que transmitimos aos nossos leitores com prazer: graças à ajuda de um dos nossos amigos, o futuro de nossa causa está agora totalmente garantido. Daremos pormenores no próximo número de *O esperantista*, a sair em março. A partir de março de 1892 nosso jornal já sairá regularmente e sem interrupção."

---

[12] Nota do autor: *O esperantista*, 1891, nº 52, transcrito na obra citada, pág. 140.

Capítulo 19
Reformistas são derrotados

Quem é esse amigo? Chama-se W. H. Trompeter; é o fundador do grupo esperantista de Schalke, na Alemanha. É um modesto agrimensor, mas compreende o valor da causa e a importância do jornal. Por isso, embora não seja rico, fornece a importância necessária para manter o jornal e garantir um salário para o seu redator, durante três anos.

O auxílio recebido permite ao Dr. Lázaro um trabalho tranquilo. Num dos primeiros números de 1892 ele faz um balanço do movimento: o maior número de adeptos acha-se, pela ordem, na Rússia, Alemanha e Suécia; a literatura em esperanto já conta mais de 50 obras; circulam dois jornais na língua, um de publicação irregular em Sofia, outro com saída constante, em Nurembergue; existem 33 manuais e dicionários de esperanto em diversas línguas nacionais; o número dos que aprenderam a língua é incerto, mas deve orçar entre 15 e 20.000; clubes de esperanto existem não oficialmente em diversas cidades da Rússia, e oficialmente em Nurembergue, Munique, Schalke e Friburgo (Alemanha), Upsala (Suécia), Sofia (Bulgária) e Málaga (Espanha). Além disso, os clubes e também muitos esperantistas mantêm ativa correspondência entre si.

Nesses três anos de relativa tranquilidade financeira para o órgão central do movimento e seu redator, o céu esperantista foi perturbado pela tempestade das reformas. Muitos adeptos começaram a exigir alterações na estrutura do esperanto. Pressionado por essa corrente e não desejando resolver pessoalmente a questão, o Dr. Lázaro funda a Liga Esperantista, publicando-lhe o estatuto em janeiro de 1893. Sua estrutura é muito simples: são membros da Liga os esperantistas efetivos, isto é, os assinantes do jornal; todos os membros que desejarem fazer reformas na língua deverão mandar sua proposta ao secretário da Liga (redator de *O esperantista*) e este a publicará no órgão central junto com o endereço do proponente. Cada assinante do jornal que queira participar na votação, enviará a sua opinião ("a favor" ou "contra") ao proponente, acrescentando à sua opinião o seu número de assinatura de *O esperantista*. Se os resultados recebidos mostrarem ao proponente que a maioria dos votos é contra sua proposta, ele a arquivará. Se os resultados provarem que a maioria está a favor, então, três meses após a impressão da proposta o proponente enviará ao secretário da Liga os números de todos os votos "a favor" e "contra" e o resultado será publicado em *O esperantista* como decisão da Liga, recebendo força legal e cabendo ao secretário cuidar de sua concretização.

Pessoalmente o Dr. Lázaro não quer proceder a reformas, por entender que ainda é cedo para fazê-las, mas percebendo que a agitação dos reformistas é muito grande, ele tenta dirigir essa tendência, para transformar-lhe a periculosidade em bem.

A partir de janeiro de 1894 ele começa a publicar uma série de artigos em *O esperantista* no qual analisa sistematicamente a língua e apresenta nova gramática e vocabulário, atendendo às propostas de mudança.

Após a publicação desse trabalho, submete-o à votação dos membros da Liga, formulando quatro questões:

1. Devemos manter inalterada a forma atual de nossa língua?
2. Devemos aceitar em sua totalidade a forma nova que apresentei aos membros da Liga?
3. Devemos fazer outras reformas na língua?
4. Devemos aceitar em princípio o meu projeto de reformas e só fazer algumas mudanças em pormenores?

As respostas vão chegando lentamente porque alguns adeptos moram muito longe. O número delas, porém, não alcança o mínimo estabelecido pelo regulamento da Liga (1/3 da totalidade dos assinantes). Faz-se necessária segunda votação, três meses depois. Eis os resultados de ambas:

Responderam "sim" à pergunta

	agosto 1894	novembro 1894
1	144	157
2	12	11
3	2	3
4	95	93

Em resumo: 157 votos contra as reformas e 107 a favor (este último número representa a soma dos votos favoráveis às questões 2, 3 e 4, todas pró-reforma).

A decisão final é, portanto, esta: a maioria dos esperantistas decidiu que a língua esperanto deve permanecer em sua atual forma, sem qualquer mudança.

O Dr. Lázaro respira aliviado. O raio das reformas limpou de uma vez a atmosfera cheia de nuvens e a coletividade esperantista pode agora trabalhar tranquilamente e com toda energia para a divulgação do esperanto e o enriquecimento de sua literatura.

Capítulo 20
Adesão extraordinária

Logo depois de publicado o resultado final da votação sobre as reformas, o Dr. Lázaro recebe uma carta. O conteúdo é decepcionante: o sr. Trompeter comunica-lhe que já não pode mais financiar a publicação de *O esperantista*. Melancolicamente o Dr. Lázaro analisa as causas dessa atitude. O motivo só pode ser um: Trompeter desistiu porque as reformas que ele desejava não vingaram! Paciência! Agora é continuar sem ele e descobrir uma fórmula de tornar o esperanto independente de uma pessoa só. A solução é ativar o plano que o Dr. Lázaro lançou recentemente: editar a *Biblioteca da língua esperanto* que irá publicar obras originais e traduzidas, em brochuras bimensais de 16 folhas.

Enquanto o jornal periclita, a situação financeira do seu redator continua precária. Desde novembro de 1893 ele, com a família, se mudou para Grodno, onde espera melhorar suas condições de vida.

Nesse tempo uma grande alegria o espera.

Começa a colaborar em *O esperantista* a redação da famosa editora russa *Posrednik*. Interessando-se pelo esperanto, ela pede a opinião de Leão Tolstoi a respeito da língua internacional. Em resposta, o notável escritor envia uma carta que assim termina:

> [...] os sacrifícios que fará cada pessoa do nosso mundo europeu, dedicando algum tempo para aprender esperanto, são tão pequenos, e os resultados que podem surgir, se todos, pelo menos europeus e americanos, todos os cristãos aprenderem esta língua, são tão imensos, que não se pode deixar de fazer esta experiência. Eu sempre opinei que não existe ciência mais cristã do que o conhecimento de línguas estrangeiras, que possibilita comunicação e ligação com grandíssimo número de pessoas.
>
> Muitas vezes verifiquei como seres humanos se mantinham hostis uns contra os outros apenas devido à dificuldade na compreensão recíproca, e por isso o aprendizado do esperanto e sua divulgação é sem dúvida assunto cristão, que ajuda ao estabelecimento do reino de Deus, que é o principal e único objetivo da vida humana. (27 de abril de 1894, Jasnaja Poljana, Rússia).

Tolstoi não só aprova o esperanto como permite que artigos seus saiam em *O esperantista*. A colaboração do notável escritor atrai para o esperanto a atenção do público e fortalece a posição do jornal.

Mas a vida se encarrega de mostrar novamente ao Dr. Lázaro a sua estranha dualidade. A publicação do artigo de Tolstoi *Prudência e crença* desagrada à censura russa que proíbe a circulação de *O esperantista* no país onde residem 3/4 dos seus assinantes!

Esse fato muito aborrece a Tolstoi, causador involuntário da proibição. O escritor apressa-se em escrever a um amigo influente que consegue tornar sem efeito a decisão da censura. Porém é muito tarde! O golpe foi violento demais para o ainda fraco movimento esperantista e decreta o fechamento do jornal em agosto de 1895. Para também a publicação da *Biblioteca da língua internacional esperanto*.

Agora o Dr. Lázaro está definitivamente perdido.

Com esse desconsolo: a sua carreira profissional foi sacrificada em favor de um ideal agonizante...

Agonizante?

Jamais! A chama que ele acendeu pode brilhar menos, mas está sempre acesa. Bem longe de Varsóvia, em Upsala, na Suécia, em dezembro do mesmo ano, aparece o primeiro número de *Lingvo internacia* para prosseguir por longo tempo a luta pelo grande ideal.

Capítulo 21
No limiar do século

O fechamento de *O esperantista* parece o fim da aventura do Dr. Lázaro. Mas não é.

Toda tempestade deixa após si uma esteira de consequências benéficas. Como vimos, o Clube de esperanto de Upsala reergueu a bandeira caída, fundando o jornal *Lingvo internacia*. Isto já é um sinal de emancipação do movimento. Até há pouco tudo se concentrava nas mãos do Dr. Lázaro. Agora o órgão central é publicado muito longe, sem o controle do iniciador.

Que importa? O movimento já está detonado, a língua funciona regularmente, sem ser necessária a fiscalização do seu criador.

Outro resultado benéfico ocorre: liberado dos prementes compromissos do jornal, o Dr. Lázaro pode, enfim, entregar-se integralmente ao exercício de sua profissão.

Após quatro anos de permanência em Grodno, de 1893 a 1897, ele faz um novo curso de especialização em Viena e em princípios de 98 muda-se com sua família para o bairro judeu de Varsóvia, onde monta consultório na Rua Dzika, nº 9. Ele volta, assim, para perto do pai, inconsolável pela perda da esposa, ocorrida em 1892. E todos os irmãos de Lázaro, um a um, fazem o mesmo, para suavizar a solidão do velho genitor.

Logo o Dr. Lázaro se torna uma figura querida no bairro: sua modéstia, sua habilidade e os baixos preços cobrados enchem-lhe o consultório de clientes. Mas a vida do oculista de testa ampla e olhar profundo continua pautada pela ausência de luxo: sua clientela é pobre, a muitos ele trata de graça.

Ocupado com os pacientes, pouco tempo lhe sobra para cuidar do esperanto. Só à noite, quando a cidade dorme e a família repousa, o Dr. Lázaro, sempre fiel ao seu ideal, escreve obras, faz traduções e responde às cartas dos adeptos.

Agora ele acaba de escrever um ensaio: *Essência e futuro da ideia de língua internacional*, no qual com lógica de ferro consegue provar aos leitores os seguintes pontos: 1. A introdução de uma língua internacional seria muitíssimo útil à humanidade; 2. A introdução de uma língua internacional é perfeitamente possível; 3. A introdução de uma língua internacional ocorrerá infalivelmente, por mais que os conservadores se oponham a isso; 4. Para língua internacional só poderá ser escolhida uma língua planejada; 5. Para língua internacional nunca poderá ser escolhida outra senão o esperanto; este ou será mantido para sempre na sua forma atual ou sofrerá depois algumas mudanças.

* * *

Altas horas da noite, em seu escritório silencioso, o Dr. Lázaro medita. O século XIX está no fim. Importantes progressos alcançou o movimento nos últimos anos. Novos clubes foram fundados: em Goteborg (Suécia); em Erlagen e Schweinfurt (Alemanha); em Vilno, Varsóvia, Odessa e Wladimir (Rússia e Polônia); em Helsinque (Finlândia); em Reims e Soisson (França). Já se criou uma tradição poética em esperanto com a tradução de *Hamlet*; a *Lira dos esperantistas*, editada por Grabowski; *Demônio* e *Bôris Godunou*, de Devjatnin. Em 1896 o conhecido poeta polonês Josef Wasniewski ganhou um concurso literário instituído por *Lingvo internacia*. Max Muller, famoso linguista de Oxford, manifestou sua aprovação ao esperanto. E. Lombard, redator de *L'Etranger*, de Paris, também aderiu à língua e sobre ela publicou artigos na sua revista. O movimento já tem seus símbolos: a cor verde e a estrela de cinco pontas. Tudo isso está muito bom. Mas sobra tanta coisa para fazer... Será que o século XX vai trazer a ansiada vitória do movimento?

Capítulo 22
Em Boulogne, uma nova humanidade

O princípio do novo século não traz ao Dr. Lázaro o triunfo final desejado, mas proporciona-lhe uma das maiores alegrias de sua vida. Já esperantistas isolados haviam verificado, em viagens ao estrangeiro, a vivência da língua como instrumento de comunicação oral. Assim o sr. Langlet, de Upsala, junto com o sr. Etzel, haviam viajado em 1895 pela Rússia, Turquia, Romênia, Áustria, Hungria e Alemanha, onde tiveram ocasião de falar esperanto com numerosos companheiros. No ano seguinte, o sr. Avilov viajou para Paris onde manteve contactos com os esperantistas locais, provando mais uma vez a utilidade oral da língua. Mas esses contactos eram apenas ocasionais, nunca se cogitara de realizar algo em escala maior.

Em 1905 os progressos do esperanto sugerem um congresso universal dos seus adeptos. A cidade escolhida é Boulogne-sur-Mer (França), onde o movimento floresce.

A princípio o Dr. Lázaro, avesso a manifestações exteriores, pensa em não ir. Aparecer em público e discursar não é o seu forte. Além disso, a distância, as despesas...

Mas o bem da causa exige o sacrifício. E lá vai o Dr. Lázaro com sua esposa, num vagão de terceira classe, rumo à França.

Em 28 de julho, às 16 horas, ele desembarca na Gare du Nord em Paris. Os esperantistas franceses dão-lhe uma acolhida calorosa. O famoso oftalmologista Javal hospeda-o em sua casa. No dia seguinte, com Javal e Bourlet visita o ministro Bienvenu-Martin e é nomeado Cavaleiro da Legião de Honra!

Agora ele está almoçando com autoridades e cientistas na Torre Eiffel. Como Paris se torna ainda mais encantadora aqui do alto...

O panorama convida o Dr. Lázaro à meditação.

Positivamente a sua estada aqui representa um grande avanço para o movimento. Ah! se fosse possível esperantizar todos os parisienses... Em pouco tempo todo o mundo aderiria. Porque Paris é a capital da cultura e daqui têm saído para o mundo inúmeros movimentos literários e filosóficos.

Embevecido ante o céu risonho e as miragens do seu ideal, o Dr. Lázaro nem percebe o tempo passar.

Mas os seus adeptos não facilitam. Há um enorme programa a cumprir. Há jornalistas à espera. E o Dr. Lázaro precisa abandonar as alturas da Torre e do sonho.

* * *

A estada do Dr. Lázaro na França é triunfal. Por toda parte aclamam-no, de todos os lados chovem convites para participar como convidado de honra nesta e naquela solenidade.

No dia 30 de julho preside a uma entrega de prêmios na prefeitura do 4° Distrito de Paris. A 1º de agosto visita a Sociedade Gráfica Esperantista, onde é recebido pelo prof. Cart. No mesmo dia é recebido na prefeitura central e participa num banquete em sua honra no Hotel Moderne.

Finalmente no dia 3, embarca no trem que sai às 15:15 h de Paris, chegando a Boulogne-sur-Mer por volta das 19 horas.

Aguarda-o nova recepção triunfal, mas aqui ele pode sentir mais ainda a força do movimento e o calor da fraternidade: Boulogne é uma cidade pequena, um congresso universal afeta forçosamente toda a comunidade. As ruas estão enfeitadas de símbolos esperantistas, por toda parte vêem-se alemães, italianos, espanhóis, russos, enfim adeptos de todas as nacionalidades, reconhecíveis pelo tipo físico ou pelos trajes.

E por toda parte ouve-se falar esperanto, ora fluentemente, ora com lentidão, porque para alguns o conhecimento da língua é apenas teórico, eles o estão aplicando oralmente pela primeira vez. E embora o sotaque revele a procedência do adepto, a língua é uma só e a compreensão é total.

Apesar de cansado por tantas solicitações, o Dr. Lázaro está feliz. Boulogne representa o mundo novo por ele sonhado, aquela humanidade nova que a derrubada das barreiras linguísticas reunificou.

Agora, após um dia de intensa movimentação, ele repousa na casa amiga que o hospeda. Enquanto dona Clara acomoda na mala um vistoso xale ganho de uma esperantista espanhola, o Dr. Lázaro pensa no discurso que fará amanhã, 5 de agosto, dia da inauguração do Congresso. Vai a uma das malas, retira umas laudas e põe-se a ler. É o discurso que ele preparara em

Varsóvia, pouco antes de partir. Ele o lê, mas não gosta. Aquilo que escreveu tão longe dos momentos vibrantes que está vivendo, agora lhe parece muito frio.

Rasga as laudas e, apanhando papel e lápis, põe-se a escrever. Não é orador, mas precisa traduzir todas as fortes emoções desses dias inesquecíveis.

Já deitada, dona Clara adverte-o com delicadeza:

— Lázaro, amanhã teremos um programa puxado.

— Vou deitar-me daqui a pouco, Clara. Estou revendo o discurso de amanhã.

E enquanto a esposa adormece, o Dr. Lázaro, tangido pela inspiração, vai enchendo laudas e mais laudas. Finalmente, cansado, chega ao fim do trabalho, depõe o lápis, apaga a luzinha sobre a mesa e põe-se a contemplar na noite cheia de estrelas a cidade adormecida. Boulogne-sur-Mer repousa, feliz, parecendo uma noiva em véspera de casamento. Amanhã, quando acolher oficialmente pessoas de todas as pátrias, falando uma língua só, ela fará a sua passagem para a História, como berço da humanidade renovada.

Capítulo 23
Prece universalista

Na noite agradável de 5 de agosto de 1905 o teatro de Boulogne-sur-Mer está lotado para o 1º Congresso Universal de esperanto. De todas as partes acorrem visitantes, alguns diretamente da estação, ainda com as malas na mão. Um entusiasmo incontido reina pelo recinto, demasiado pequeno para acolher todos os interessados. Em todos os corações palpita a chama da fraternidade, que rompe protocolos e favorece a aproximação:

Siniorino, pardonu min, el kie vi venas?
Mi venas ei Germanujo. Kaj vi, sinioro?
uot ei tre malproksime, Mi estas braeüano[13] ...

---

[13] Nota do autor: – Senhora, perdoe-me, de onde vem?
– Eu venho da Alemanha. E o senhor?
– Ah! de muito longe. Sou brasileiro...

E assim, em agradáveis contactos e impressões favoráveis chega a hora da solenidade. O burburinho cede lugar a um silêncio respeitoso. Entram no palco as autoridades e com elas o Dr. Lázaro. Uma ovação vibrante e extremamente prolongada recebe o criador do esperanto. Depois das palmas um piano ataca a Marselhesa e todos, ingleses e alemães, italianos e russos, brasileiros e suecos, começam a cantar o belíssimo hino em versão esperanta[14]:

Ni iru, filoj de l' pairujo,
La tag' de glor, aioenis jam ...[15]

O entusiasmo com que os esperantistas cantam o hino nacional francês é uma forma de agradecer a hospitalidade recebida e a simpatia da França pela ideia nova.

Agora soam os acordes de *La espero*,[16] o hino dos esperantistas, no qual uma nobre mensagem de esperança se casa com o caráter tranquilo e otimista da música:

Surge agora um novo sentimento,
Pelo mundo corre um forte brado!
Que nas asas de um propício vento,
Pelo mundo seja divulgado.

Esse ideal jamais verá na Terra
Rubro sangue ou negra tirania;
Às nações eternamente em guerra

---

[14] Nota do autor: "Esperanta", adjetivo feminino, e "esperanto", adjetivo masculino (em frases como: texto esperanto, tradução esperanta), são formas que nos parecem necessárias. Entendemos que o vocábulo "esperantista" deve ser reservado para designar "a pessoa que se ocupa do esperanto" ou para exprimir o adjetivo referente a tal pessoa.

[15] Nota do autor: Vamos, filhos da Pátria, o dia de glória já chegou...

[16] Nota do autor: *La espero* (A esperança) é o hino dos esperantistas. Escreveu-o o Dr. Zamenhof, sendo a música de F. de Ménil. A bela versão apresentada é de J. B. de Mello e Souza.

Só promete paz e harmonia.
Sob o santo emblema da esperança
Vinde vós, ó nobres paladinos,
E mui breve o mundo a paz alcança,
Da concórdia ouvindo alegres hinos.

Se há barreiras, fortes, seculares,
Entre os povos sempre divididos,
Cairão da guerra esses altares
Pelo amor somente destruídos.

Quando houver o mútuo entendimento,
Da Babel caindo o mal profundo,
Surgirá de tal congraçamento
Uma só família sobre o mundo.

Da esperança o exército disperso,
Pugnará em luta gloriosa,
Até quando a Paz sobre o universo
Dominar para sempre vitoriosa!

Após a saudação do prefeito, chega a vez do Dr. Lázaro. Sua figura não é bonita, mas não há quem não se simpatize com aquele senhor baixo, calvo, de barba grisalha, que usa óculos, tem um olhar profundo e mostra-se tímido e desajeitado por ser alvo da atenção geral. Quando ele se levanta para falar, nova ovação lhe é dirigida. Finalmente a sua palavra percorre o ar, lançando num esperanto cristalino esta mensagem:

> Eu vos saúdo, caros companheiros, irmãos e irmãs da grande família terrestre, que viestes de terras próximas e distantes, das mais diversas nações do mundo, para vos

apertardes reciprocamente as mãos em nome da grande ideia que nos liga a todos...

A leitura é penosa, o orador está superemocionado, porque além de exprimir a sua emoção, ele capta a do auditório. Terá ele controle para prosseguir até o fim? A vacilação é instantânea. Concentrando-se firmemente na mensagem, reassume o equilíbrio emocional e, aproveitando a pausa natural para respirar fundo, retoma a palavra com energia:

> Eu vos saúdo também, gloriosa França, e bela Boulogne-sur-Mer, que gentilmente oferecestes hospitalidade ao nosso congresso. Eu exprimo também um agradecimento cordial àquelas pessoas e instituições de Paris que por ocasião de minha estada naquela gloriosa cidade manifestaram, por meio de minha pessoa, o seu favorecimento à causa do esperanto, a saber: ao senhor ministro da Instrução Pública, à prefeitura de Paris, à Liga Francesa de Instrução e a muitos cientistas eminentes.
> O dia de hoje é santo para nós. Nossa reunião é modesta; o mundo exterior não sabe muito sobre ela, e as palavras que são ditas em nossa reunião não voarão telegraficamente para todas as cidades grandes e pequenas do mundo; não se reuniram estadistas nem ministros para mudar a carta política do mundo; não brilham roupas de luxo e uma grande quantidade de imponentes condecorações; não troam canhões em volta da casa modesta onde nos achamos; mas pela atmosfera do nosso salão voam sons misteriosos, sons muito baixos, não registráveis pelo ouvido, mas capazes de ser captados por toda alma sensível: são os sons de algo grande que agora está nascendo. Pelo ar voam fantasmas misteriosos; os olhos não os veem, mas a alma sente-os; eles são imagens de um tempo

futuro, de um tempo totalmente novo. Os fantasmas voarão para o mundo, tomarão corpo, ganharão força, e nossos filhos e netos hão de vê-los, senti-los e sentir-se felizes com isso.

Na mais distante antiguidade, que já há muito se apagou na memória da humanidade e sobre a qual nenhuma história conservou para nós sequer o mais insignificante documento, a família humana se espalhou e seus membros deixaram de compreender-se mutuamente. Irmãos criados conforme um único modelo, irmãos que tinham todos ideias iguais, um Deus igual em seus corações, irmãos que deviam ajudar-se mutuamente e trabalhar juntos para a felicidade e a glória de sua família, esses irmãos tornaram-se absolutamente estranhos entre si, espalharam-se, aparentemente para sempre, em grupinhos inimigos, e entre eles começou uma guerra eterna. Durante muitos milênios, durante todo o tempo que a história humana recorda, esses irmãos apenas guerreavam eternamente entre si, e toda compreensão entre eles era absolutamente impossível. Profetas e poetas sonhavam com um nebuloso tempo distante em que os homens começariam de novo a compreender-se entre si e de novo se uniriam em uma só família, mas isso era apenas sonho. Falava-se sobre isso como uma agradável fantasia, mas ninguém tomava isso a sério, ninguém acreditava.

E agora pela primeira vez o sonho de milênios começa a concretizar-se. Para esta pequena cidade do litoral francês dirigiram-se pessoas das terras e nações mais diversas e se encontram, não muda nem surdamente, mas uma compreende a outra, uma fala à outra como irmãos, como membros de um só país. Frequentemente reúnem-se pessoas de nações diferentes e uma compreende a outra; mas que grandíssima diferença entre a recíproca compreensão delas e a nossa! Lá compreende-se mutuamente apenas uma insignificante parte dos

congressistas, os que tiveram a possibilidade de dedicar muitíssimo tempo e dinheiro ao aprendizado de línguas estrangeiras, todos os outros participam na reunião apenas com o corpo, não com a mente: mas em nossa reunião compreendem-se reciprocamente todos os participantes, compreende-nos facilmente todo aquele que deseja compreender-nos, nem a pobreza nem a falta de tempo fecha a alguém os ouvidos para as nossas palavras. Lá a compreensão recíproca pode ser alcançada por meio não natural, ofensivo e injusto, porque o membro de uma nação fica humilhado ante o membro de outra nação, pois fala a língua dele, envergonhando-se da sua, balbucia e enrubesce e sente-se vexado diante de seu interlocutor, enquanto este último sente-se forte e orgulhoso; ao passo que em nossa reunião não existem nações fortes e fracas, privilegiadas e desfavorecidas; ninguém se humilha, ninguém fica vexado; nós todos estamos numa base neutra, nós todos gozamos dos mesmos direitos, nós todos nos sentimos membros de uma só nação, membros de uma só família; e pela primeira vez na história humana nós, membros dos povos mais diferentes, estamos um junto ao outro não como estranhos, não como concorrentes, mas como irmãos que, não impondo um ao outro a sua língua, compreendem-se reciprocamente, não suspeitam um do outro por incompreensão que os divida, amam-se entre si e apertam-se as mãos não hipocritamente, de estrangeiro a estrangeiro, mas sinceramente, de homem a homem. Conscientizemo-nos da importância do dia de hoje, porque hoje entre as hospitaleiras paredes de Boulogne-sur-Mer reuniram-se não franceses com ingleses, nem russos com poloneses, mas seres humanos com seres humanos. Bendito seja o dia, e grandes e gloriosas sejam suas consequências!
Reunimo-nos hoje para mostrar ao mundo com fatos irrefutáveis aquilo em que o mundo até agora não quis acredi-

tar. Mostraremos ao mundo que a compreensão entre pessoas de nações diferentes é perfeitamente alcançável, que para isso não é preciso que um povo humilhe ou absorva outro; que os muros entre os povos não são algo necessário e eterno; que a compreensão entre criaturas da mesma espécie não é um sonho fantástico, mas coisa naturalíssima, que por circunstâncias muito lamentáveis e vergonhosas foi por longo tempo adiada, mas que mais cedo ou mais tarde devia acontecer sem falta e enfim está acontecendo agora; que agora se apresenta ainda muito timidamente, mas, uma vez começada, já não irá parar e logo reinará tão poderosamente no mundo que nossos netos nem sequer quererão acreditar que em outros tempos era diferente; que os homens, os reis do mundo, por longo tempo não se compreendiam entre si!

Todo aquele que diz que uma língua neutra planejada é impossível, venha até nós, e ele se converterá.

Todo aquele que diz que os órgãos fonadores de todos os povos são diferentes, que cada um pronuncia uma língua planejada de um modo diferente e os usuários dessa língua não podem compreender-se, venha até nós, e se ele é pessoa honesta e não quer mentir conscientemente, terá de confessar que errou. Que ele passeie nos próximos dias pelas ruas de Boulogne-sur-Mer, observe quão bem se compreendem os representantes das mais diversas nações, pergunte aos esperantistas que encontrar quanto tempo e dinheiro cada um deles gastou no aprendizado da língua planejada, compare isso com os sacrifícios enormes que exige o aprendizado de cada língua natural, e, se ele é pessoa honesta, dirija-se ao mundo e repita em voz alta: "Sim, uma língua planejada é absolutamente possível", e a compreensão recíproca das pessoas por meio de uma língua planejada neutra não é apenas absolutamente possível, mas até extremamente fácil. É verdade que muitos de nós falam nossa língua ainda muito mal e balbuciam-na com dificuldade, em vez de falar com fluência; mas comparando o seu balbuciar com a fala perfeita e fluente de outras pessoas, todo observador consciente notará que a causa do balbuciar não está na língua, mas apenas no insuficiente treinamento das mencionadas pessoas.

Após muitos séculos de recíproca surdo-mudez e guerra, agora em Boulogne-sur-Mer começa de fato em maior medida a intercompreensão e a confraternização dos membros da humanidade pertencentes a povos diversos; e uma vez iniciadas, já não irão parar, mas continuarão sempre mais e mais intensas, até que as últimas sombras das trevas imemoriais desaparecerão para sempre. Importantíssimos são os dias atuais em Boulogne-sur-Mer e sejam eles abençoados!

E após prestar homenagem a Schleyer, o primeiro e muito enérgico pioneiro da ideia de língua internacional planejada, bem como a Leopoldo Einstein, Josef Wasniewski, W. H. Trompeter e a todos os esperantistas falecidos, o Dr. Lázaro conclui:

> Logo começarão os trabalhos de nosso congresso dedicado à verdadeira confraternização da humanidade. Neste momento meu coração está cheio de algo indefinível e misterioso e sinto o desejo de aliviar o coração por meio de alguma prece, de voltar-me a alguma força altíssima e invocar seu auxílio e sua bênção. Mas da mesma forma que eu neste momento não sou o cidadão de um determinado país, mas um simples ser humano, também sinto que agora não pertenço a alguma religião particular, mas sou apenas um ser humano. E neste momento está ante meus olhos espirituais apenas aquela alta Força moral, que cada homem sente em seu coração, e a essa Força desconhecida eu me volto com minha prece:

A ti, ó mistério incorpóreo e potente,
Ó força que o mundo governas,
A ti, do amor e verdade nascente
E fonte de vidas eternas,
A ti, que diverso a nós todos pareces,
Mal único e igual para as almas em preces,
A ti, que dominas os tempos afora,
Oramos agora!

A ti não viremos com crenças fanáticas,
Com normas de cega doutrina:
Agora se calam as brigas dogmáticas,
Pois crença de amor nos domina.
Com ela que o homem igualmente venera,
Com ela e sem lutas, com ela que é vera,
Ergamo-nos, filhos no mundo dispersos,
Em preces imersos.

Perfeitos e belos criaste os humanos,
Mas eles lançaram-se à luta;
Aos povos atacam os povos tiranos,
Irmãos aos irmãos em disputa.
Quem quer que tu sejas, poder escondido,
Escuta este nosso sincero pedido:
Dá paz sem fuzil e sem lança
Da Terra à criança!

Juramos trabalho e renhida peleja
Que a Terra irmanemos inteira!
Teu braço nos erga, tua mão nos proteja,
A fim de transpor a barreira!

Concede-nos bênção em nossos labores,
Concede-nos força em nossos fervores,
Que contra o ataque feroz e selvagem
Tenhamos coragem!

Aos ares ergamos o verde estandarte,
Do bem e do belo sinal.
A força escondida nos seja baluarte
Em prol da vitória final.
Quebremos dos povos os muros malditos,
Que ruam por terra, que caiam em gritos:
No mundo dominem, após a maldade,
O amor e a verdade!

O peito vibrando, uni-vos, irmãos!
Avante da paz pelos trilhos.
Ainda que hebreus, muçulmanos, cristãos,
Nós todos de Deus somos filhos!
Da sorte dos povos somente lembrados,
Vencendo carreiras, fiéis e ousados,
À meta fraterna, constante,
Corramos avante!"[17]

Uma prolongada tempestade de aplausos acompanha as últimas palavras do Dr. Lázaro que com um lenço enxuga o suor da testa. E enquanto o congresso desdobra os seus trabalhos, os participantes têm a sensação nítida de que uma página extremamente luminosa está sendo escrita, ante seus olhos, no livro da Civilização.

---

[17] Nota do autor: O título deste poema de Zamenhof é *Prece sob o estandarte verde*, referência à bandeira do esperanto, que é dessa cor e apresenta uma estrela também verde sobre um quadrado branco, no canto. Conforme a nota 1 da pág. 590 da obra *Originala verkaro* - L. L. Zamenhof, do Dr. J. Dietterle, Lípsia, 1929, a última estrofe do poema não foi lida em Boulogne, tendo sido acrescentada posteriormente. A magnífica versão em português é de autoria do prof. Dr. Geraldo Mattos.

Capítulo 24
Intocabilidade do esperanto

Boulogne-sur-Mer é um festival de confraternização. Mas sob a guia hábil do advogado Michaux e seus companheiros, o congresso há de tornar-se altamente produtivo pela discussão e deliberação sobre questões importantíssimas.

Na manhã seguinte à abertura do certame, o Dr. Zamenhof reúne-se com os organizadores. O Dr. Michaux toma a palavra:

— Dr. Zamenhof, espero que o senhor esteja contente com o êxito de ontem... O senhor alcançou uma vitória extraordinária...

— Qual nada, Dr. Michaux. Quem venceu foi o senhor, com o seu espírito de organização... Mas o maior vencedor mesmo foi o esperanto...

Michaux sorri satisfeito. Realmente ele e seus companheiros prodigalizaram esforços para o êxito da iniciativa, discutindo o plano de trabalho, acertando pormenores, redigindo informações para o público, convencendo as autoridades a favorecerem o certame.

A sessão de abertura durou menos de três horas, mas as agradáveis emoções perduram no coração de todos e os organizadores acham-se regiamente compensados pelo esforço despendido.

Michaux retoma a palavra:

— Dr. Lázaro, o senhor já preparou a declaração?

O interrogado reage à pergunta com uma ligeira alteração na expressão do olhar e, após curta pausa, responde:

— Sim, está pronta desde ontem.

E percebendo a intenção da pergunta, acrescenta:

— Fique tranquilo, Dr. Michaux; acatei as suas ponderações. Mas continuo firme em meu ponto de vista: considerar o esperanto apenas uma língua, como vocês querem, é uma mutilação...

O Dr. Michaux, conhecedor da alma humana e homem prático, não rebate. Ele mesmo está impregnado do sentimento de fraternidade que reina em Boulogne. Mas o progresso do movimento exige uma estratégia adequada. Inteligentemente, ele desvia o assunto, apresentando ao Dr. Lázaro uma lauda manuscrita e perguntando-lhe:

— O senhor está de acordo com a ordem do dia para hoje?

O Dr. Lázaro se dispõe a ler quando um menino pede licença, em alemão, para solicitar-lhe um autógrafo. À distância os pais do garoto acompanham a cena, sorridentes.

— Sim, eu lhe dou o autógrafo, — responde em alemão o Dr. Lázaro —, mas com uma condição: que você fale esperanto.

Ante o visível embaraço do garoto, o Dr. Lázaro toma-lhe o papel da mão, assina-o e diz-lhe sorrindo:

— Mas não se preocupe, você tem tempo de aprender até o próximo congresso. Está bem?

O garoto agradece e sai correndo.

Esquecido dos problemas do movimento, o Dr. Lázaro sente-se agora plenamente feliz, não por vaidade pessoal, mas porque toda homenagem prestada à sua pessoa é uma homenagem ao esperanto.

* * *

Alguns dias depois, o congresso aprova a Declaração sobre o Esperantismo cujo parágrafo primeiro estabelece:

> Esperantismo é o esforço para divulgar em todo o mundo o uso da língua neutra que, não se impondo na vida interna dos povos e não tendo de modo algum o objetivo de eliminar as línguas nacionais existentes, daria às pessoas de nações diferentes a possibilidade de compreenderem-se, poderia servir como língua pacificadora nas instituições públicas dos países onde raças diversas disputam entre si a respeito da língua; e na qual poderiam ser publicadas as obras que têm igual interesse para todos os povos. Qualquer outra ideia ou esperança que este ou aquele esperantista liga ao esperantismo é assunto particular dele, pelo qual o esperantismo não responde.

O Dr. Lázaro está algo frustrado. Então fraternidade e justiça entre os povos são temas proibidos?

Mas ele não vem da Polônia onde a ausência de fraternidade gera tantas tragédias? Então a fraternidade não é um assunto essencialmente prático com reflexo na economia, porque a ausência dela gera a guerra, destruição e perdas irreparáveis para o edifício social?

Em tudo isso ele medita enquanto o público aplaude a Declaração. Mas, para compensar, o documento lhe atende a importantes aspirações, quando estabelece no parágrafo quarto:

O esperanto não tem nenhum legislador pessoal e não depende de nenhuma pessoa particular. Todas as opiniões e obras do criador do esperanto têm, à semelhança das opiniões e obras de qualquer outro esperantista, cunho absolutamente particular e não obrigatório para ninguém. O único fundamento obrigatório de uma vez para sempre para todos os esperantistas é o livrinho *Fundamento do esperanto*, no qual ninguém tem o direito de fazer modificações. Se alguém se desvia das regras e modelos dados na mencionada obra, nunca poderá justificar-se com as palavras: "Assim deseja ou aconselha o autor do esperanto". Toda ideia que não pode ser expressa convenientemente com o material contido no *Fundamento do esperanto*, qualquer esperantista tem o direito de exprimi-la na forma que achar melhor, como se faz em qualquer outra língua. Mas considerando a total unidade da língua para todos os esperantistas, recomenda-se imitar o mais possível o estilo encontrado nas obras do criador do esperanto, que é quem mais trabalhou pelo esperanto e melhor conhece a sua índole.

A criação de uma base imutável para a língua é um achado extraordinário. O *Fundamento* compõe-se das dezesseis regras de gramática, dicionário universal e "exercícios". Com esse alicerce intocável, coloca-se o esperanto a salvo de tentativas de reforma tão prejudiciais para o desenvolvimento normal do movimento e de resto já condenadas pela Liga em 1893.

O *Fundamento*, porém, não impede a evolução natural do esperanto: apenas subordina essa evolução a normas definidas, para impedir o esfacelamento da língua.

A cabeça do quarto parágrafo atende também ao desejo do Dr. Lázaro de ser liberado de toda responsabilidade em assuntos linguísticos. Esse princípio é posto em vigor efetivamente pela decisão do congresso de fundar a Comissão Linguística, integrada pelos principais representantes das diversas nações.

* * *

São doze horas e quarenta minutos de 13 de agosto de 1905. Na estação de Boulogne-sur-Mer o Dr. Lázaro despede-se dos amigos que tão fraternalmente o receberam. Apertos de mão, abraços, olhos brilhantes, palavras sinceras no idioma da fraternidade.

Ouvem-se apitos, a composição põe-se em marcha, lenços acenam, as últimas palavras de despedida se fazem ouvir e em poucos instantes Boulogne vai ficando para trás. A fumaça branca de uma chaminé parece a última saudação que a cidade lhe envia pelo céu luminoso.

O Dr. Lázaro, encostado à janela, fita o panorama, mas o seu pensamento está longe. Ele sonha com um mundo renovado, onde os corações são otimistas e hospitaleiros como os de Boulogne.

Capítulo 25
Princípios éticos

A experiência de Boulogne-sur-Mer fora altamente positiva porque demonstrara ao mundo e ao próprio Dr. Lázaro que uma língua internacional neutra de fácil aprendizado é perfeitamente possível. Isso encorajou o criador do esperanto a ir mais adiante. Se o problema da comunicação entre os homens, numa base justa, estava resolvido, por que não avançar mais um pouco buscando um sistema ético neutro capaz de congregar homens das mais diversas filosofias?

O segundo congresso universal de esperanto realizar-se-á em Genebra, na Suíça, em agosto de 1906, e Dr. Lázaro pretende aproveitar a ocasião para lançar seu sistema ético. Mas um fato doloroso ocorrido na sua cidade natal faz com que antecipe essa divulgação.

Os que têm a felicidade de viver em países liberais não podem imaginar o que é um pogrom. De repente, com a imprevisibilidade das catástrofes, um grande número de homens armados cerca o bairro judeu de uma cidade. A ordem é matar e pilhar a população indefesa. A carnificina não poupa nem as crianças. E depois de saciar a sua bestialidade, a horda se concentra na procura dos bens que pode carregar, para retirar-se salpicada de sangue, mas triunfante, com os despojos da pilhagem. Para escárnio da chamada civilização, toda essa selvageria é praticada com o apoio do poder público, constituído para zelar pelo bem comum...

Revoltado contra essa barbárie, mas lúcido na apresentação das ideias que há muito fervilham em sua mente, o Dr. Lázaro lança em janeiro de 1906 os princípios do "hilelismo", simultaneamente no jornal *Esperantista russo* e em brochura à parte. O nome do autor não aparece porque ele não quer se confunda hilelismo com esperantismo. O nome do seu conjunto de princípios morais ele o formou de "Hilel", antigo sábio da Palestina que foi contemporâneo de Jesus e morreu dez anos depois d'Ele, como presidente do Sinédrio. Já no número seguinte do *Esperantista russo* é proposto o termo "homaranismo" para substituir "hilelismo". "Homarano" em esperanto quer dizer: "membro da família humana".

Os dogmas do homaranismo são os seguintes:

1. Eu sou homem e para mim existem apenas ideais puramente humanos; considero todos os ideais e objetivos raciais apenas egoísmo de grupo e mais cedo ou mais tarde devem desaparecer;

2. Creio que todos os povos são iguais e avalio cada pessoa pelo seu valor pessoal e conduta, mas não pela sua origem;

3. Creio que cada país pertence não a esta ou aquela raça, mas em condições de plena igualdade a todos os seus habitantes, qualquer que seja sua língua ou religião;

4. Creio que, na sua vida doméstica, todo ser humano tem o direito de falar a língua ou o dialeto que quiser, mas em contato

com outros seres humanos de outra origem ele deve, sempre que possível, usar uma língua neutra e viver pelos princípios de uma religião neutra;

5. Por minha pátria designo o estado onde nasci ou no qual me estabeleci para sempre. Nunca devo designar por minha pátria uma parte do estado onde nasci, ou de estado estrangeiro, só porque lá habita a maioria dos de minha raça ou porque lá eles outrora governaram. Não devo designar minha pátria ou região dela pelo nome de alguma raça, mas devo designá-las apenas por um nome geográfico neutro;

6. Como patriotismo ou serviço à pátria considero apenas o serviço para o bem de todos os meus concidadãos, qualquer que seja sua origem, língua ou religião; o serviço feito em benefício de interesses raciais, língua ou religião dos habitantes, que formam a maioria, nunca devo considerá-lo patriotismo;

7. Eu tenho consciência de que nos países onde a população mais ou menos de uma só raça ela não compreenderá durante longo tempo a injustiça de predominar uma só língua ou religião sobre as outras e batalhará com todas as forças contra a igualdade de direitos de todas as línguas e religiões, perseguindo e cobrindo de infâmia os defensores dessa igualdade. Mas nunca me perturbarei com essa perseguição, lembrando que luto pela verdade absoluta e pela justiça;

8. Por minha língua designo a totalidade das pessoas que habitam minha pátria, qualquer que seja sua origem, língua ou religião, mas à minha nacionalidade devo acrescentar sempre a palavra "homaranista" para mostrar que me ligo à minha nação sem chauvinismo;[18]

---

[18] Nota do autor: Nacionalismo exagerado, Albert Dauzat, em seu excelente *Dicionário etimológico*, informa que o vocábulo "chauvinismo" deriva do nome de Nicolas Chauvin, soldado do império, patriota ingênuo, posto em cena em *A bandeira tricolor* (1831). Por ser de origem francesa, a pronúncia correta dessa palavra é "chovinismo".

9. Por minha língua designo a que melhor conheço e falo preferentenente, mas ao nome dela devo sempre acrescentar "homaranista" para mostrar que não a considero como um ídolo e que meu ideal é uma língua neutra;

10. Designo por minha religião aquela professada no local em que nasci, ou na qual estou inscrito oficialmente, mas ao nome dela devo acrescentar sempre o termo "homaranista", para mostrar que a professo pelos princípios religiosos do homaranismo, que consistem no seguinte:

a) Pelo nome "Deus" designo a Força incompreensível para mim e altíssima que rege o mundo e cuja essência tenho o direito de esclarecer para mim como dita minha sabedoria e coração;

b) Considero lei fundamental de minha religião a regra: "Faze para os outros o que desejas que os outros façam para ti e escuta sempre a voz da tua consciência"; tudo o mais de minha religião considero apenas como lendas ou costumes religiosos que foram introduzidos por homens, para dar à vida um programa definido e calor espiritual, e cujo cumprimento ou não cumprimento depende do meu desejo pessoal;

c) Tenho consciência de que cada pessoa pertence a esta ou àquela religião tradicional não porque ela corresponde idealmente às suas convicções pessoais, mas apenas porque nasceu nela, e que a essência de todas as religiões é a mesma e elas se distinguem entre si apenas por lendas e costumes, que não dependem de escolha pessoal. Por isso tenho consciência de que não se pode louvar ou censurar a alguém por causa da sua religião tradicional, e que boas ou más ações de uma pessoa dependem não de sua religião, mas somente dela própria e das circunstâncias de sua vida. E como os costumes religiosos, que representam a única diferença entre uma religião e outra, e a causa única do ódio religioso entre as pessoas foram dados não por Deus, mas por seres humanos, eu devo colaborar para que, por meio de uma constante comunicação recíproca entre os homaranistas de religiões diversas, os diferentes costumes religiosos de todos os homaranistas cedam lugar a costumes comuns e neutros;

11. Quando em minha cidade tiver sido fundado um templo homaranista, deverei frequentá-lo o mais possível, para reunir-me fraternalmente com homaranistas de outras religiões, organizar com eles costumes e festas neutras e colaborar assim para a elaboração de uma religião comum filosoficamente pura, mas ao mesmo tempo bela, poética, vívida e reguladora da vida, que os pais poderão transmitir aos filhos, sem hipocrisia. No templo homaranista ouvirei as obras dos grandes instrutores da humanidade sobre a vida e a morte, e a relação do nosso eu com o universo e a eternidade; conversações ético-filosóficas, hinos edificantes, etc. Esse templo deve educar os jovens para tornarem-se defensores da verdade, bondade, justiça e fraternidade universal, criar-lhes o amor ao trabalho honesto e aversão à verborragia e a todos os vícios degradantes: esse templo deve dar repouso espiritual aos velhos, consolo aos que sofrem, possibilidade de aliviar a consciência àqueles que estão oprimidos por algo, etc;

12. Considero homaranistas todos os que subscreveram a *Declaração de homaranista* e inscreveram-se em um dos templos ou grupos homaranistas existentes.

* * *

No mesmo ano de 1906, no segundo Congresso Universal de esperanto, realizado em Genebra, o Dr. Lázaro aborda, em sua oração oficial, problemas morais.

Reportando-se ao pogrom de Bialistoque, ele não culpa os russos pela carnificina de judeus, mas um pequeno grupo de criminosos que, aplicando a fórmula *divide ut imperes*[19], semeiam calúnias, discórdias e o ódio inter-racial. Certamente uma língua neutra universal não transformaria os homens em anjos; mas permitindo o conhecimento mútuo entre as raças, evitaria tantos crimes selvagens que a História permanentemente registra.

Em seguida, ele comenta a Declaração sobre o esperantismo, alertando que esperantista não é só a pessoa que sonha unir a humanidade pelo esperanto, mas também a pessoa que usa o esperanto exclusivamente para fins práticos. Não está certa, porém, a interpretação de alguns pela qual o esperanto é apenas uma língua e deve, assim, ficar desligado de qualquer ideal. Desde o seu nascimento o esperanto tem como ideal a fraternidade e a justiça entre todos os povos.

Foi esse objetivo que levou o criador do esperanto a tantos sofrimentos e sacrifícios, inclusive a não reservar para si direitos autorais sobre a língua. Ele cita ainda como exemplos de idealismo a coragem dos primeiros adeptos suportando a zombaria do público; o sacrifício de uma professora pobre que passava fome a fim de reservar algum dinheiro para a propaganda do esperanto; as cartas de pessoas presas ao leito de morte, confessando ser o esperanto o único consolo de sua vida prestes a findar...

E por que o Congresso de Boulogne-sur-Mer entusiasmou tanto os participantes? Não foi pelas distrações, peças de teatro, números de canto, eloquência ou utilidade prática da língua, mas pela ideia interna do esperantismo, que todos sentiram no coração. Todos sentiram que começou a queda dos muros entre os povos.

---

[19] Nota do autor: Expressão latina que significa: "divide para reinar".

Todos perceberam que o desaparecimento desses muros ainda está muito distante; mas sentiram igualmente que foram testemunhas do primeiro golpe violento contra essas barreiras. O discurso do Dr. Lázaro é, em resumo, a análise lúcida de um comandante que descortina o panorama da guerra e comenta com entusiasmo a vitória alcançada na última batalha.

Capítulo 26
Contra os ultranacionalistas

O tempo é escasso para o Dr. Lázaro. De manhã atende os doentes pobres que formam fila junto ao seu consultório. Depois do almoço recebe os pacientes que podem pagar. E à noite dedica-se ao trabalho pelo esperanto: correspondência, traduções, obras originais, artigos para jornal, circulares.

Nessa roda-viva, ei-lo já preparando as malas para o terceiro congresso universal a realizar-se em Cambridge, Inglaterra, em agosto de 1907.

Aqui também pronuncia um discurso memorável. Reporta-se inicialmente ao preconceito de que os povos de língua inglesa seriam contrários a uma língua neutra internacional. Grande falsidade! O brilho do atual congresso é o maior desmentido a isso.

Em seguida, após uma palavra de saudade aos esperantistas falecidos, refere-se ao vigésimo aniversário do esperanto, recentemente comemorado. Como foram penosos os dez primeiros anos de sua existência! Agora, no entanto, tudo é mais tranquilo porque

> a natureza, que durante longo tempo lutou contra nós, luta agora por nós, pois essa mesma força de inércia, que por longo tempo atrapalhou cada nosso passo, ela própria nos empurra agora para a frente. Ainda que quiséssemos parar agora, já não poderíamos.

Passando à parte principal de seu discurso, o Dr. Lázaro propõe esta questão: para que nos reunimos em congresso? Ele mesmo responde:

> Não é para discutir questões linguísticas, nem para praticar esperanto, mas para fazer propaganda, para ter a alegria de ver companheiros, para estimular em nós, por meio do contato pessoal, o amor e o entusiasmo pela ideia que o esperantismo contém.

E aborda de novo a ideia interna do movimento, que ele agora define de maneira precisa:

> Nós desejamos criar um fundamento neutro sobre o qual as diversas raças humanas poderiam pacífica e fraternalmente comunicar-se, não impondo uma à outra suas particularidades raciais.

E mais adiante:

> Tudo o que conduz ao rompimento dos muros entre as raças pertence ao nosso congresso... Assim, sem nenhuma

intenção de interferência, pode-se propor aos nossos congressos sistemas internacionais para a comodidade e neutralidade das relações internacionais, como por exemplo: sistema monetário, de horas, calendário, etc... Talvez se proponha para nós a organização de algumas festas inter-raciais, que existiriam paralelamente com as festas particulares de cada raça e igreja, e serviriam para unir fraternalmente os povos.

É sempre o apóstolo da confraternização que fala, semeando ideias claras e construtivas.

* * *

Após o congresso de Cambridge, o Dr. Lázaro é recebido no Guildhall, de Londres. Lá ele tem ocasião de rebater a crítica de que os esperantistas são maus patriotas, mostrando que o verdadeiro patriotismo faz parte do grande amor universal que tudo constrói, conserva e felicita. Pelo contrário, é o patriotismo mal compreendido, baseado no ódio ao que não é nacional, que presta desserviços à humanidade e à própria pátria.

É nesse ponto que ele lança indignada apóstrofe aos chauvinistas:

> Qualquer pessoa pode falar-nos sobre amor de qualquer espécie, e nós a ouviremos com gratidão; mas quando nos falam sobre amor à pátria chauvinistas – esses representantes do ódio desprezível, esses trevosos demônios que constantemente instigam seres humanos contra seres humanos não só entre as nações mas também em sua própria pátria – então nós lhes voltamos as costas com a maior indignação.

Vós, negros semeadores de ódio, falai apenas de ódio para com aquilo que não é vosso, falai sobre egoísmo, mas nunca empregueis a palavra amor, porque em vossa boca a santa palavra amor fica poluída.

É mais uma lição que o Dr. Lázaro dá, cheia de verdade e clareza, válida para todos os tempos e lugares.

Capítulo 27
O caso da "delegação"

No ano de 1900, graças à adesão de associações e professores universitários, Leau e Couturat, professores de Filosofia em colégios de Paris, fundaram a "Delegação para adoção de uma língua internacional". O programa da entidade era: divulgar a ideia de uma língua internacional neutra para ser usada nos contatos entre pessoas de idiomas nacionais diferentes; convidar a Associação Internacional das Academias a tornar efetivo o projeto de língua auxiliar; escolher uma comissão com a tarefa de substituir a Associação se esta não aceitasse a incumbência.

Reunida em 29 de maio de 1907, em Viena, a Associação das Academias estudou a proposta assinada por 310 sociedades e 1.250 professores universitários e cientistas, concluindo por declarar-se incompetente para decidir sobre um problema "a ser resolvido pela própria vida".

Diante dessa decisão, Leau e Couturat propõem às sociedades uma lista de candidatos para integrarem a comissão, sendo eleitos doze membros e dois secretários. A comissão fica assim constituída: prof. Jespersen, de Copenhague, e Baudoin de Courtenay, da Universidade de São Petersburgo (linguistas); prof. Barrios, de Lima, e Bouchard, de Paris (médicos); reitor Boirac, de Paris (filósofo); prof. Eotvos, de Budapest (matemático); prof. Forster, de Berlim (astrônomo); prof. Ostwald, de Lípsia (químico); Schuchardt, de Graz (filósofo); Lambros, de Atenas (historiador); Le Paige, administrador da Universidade de Liege e o coronel Harvey, de Nova York (editor). Depois a própria comissão elege a W. T. Stead, editor da *Review of Reviews*; Peano, professor de Matemática na Universidade de Turim e Rados, da Academia Húngara de Ciências (este em lugar de Eotvos, que se demitira). Os secretários são Leau e Couturat.

O Dr. Lázaro está preocupado com o andamento da iniciativa. Se a Associação das Academias resolvesse enfrentar o problema da língua internacional, ele se inclinaria diante de uma decisão partida de instância tão respeitável, ainda que tal decisão não favorecesse o esperanto. Mas que força terá perante cientistas, governos e opinião pública a decisão tomada por uma simples comissão, embora constituída de membros tão eminentes?

A comissão se reúne em Paris, de 15 a 24 de outubro de 1907, e ouve inicialmente os autores de diversos projetos de línguas planejadas: Dr. Nicolas, Bolak, Spitzer e Monseur, que falam respectivamente sobre spokil, língua azul, parla e idiom neutral. O esperanto é defendido por Beaufront, que representa o Dr. Lázaro. A seguir, Couturat apresenta um projeto sem nome, subscrito pelo pseudônimo Ido, que não passa de um esperanto reformado. Numa outra sessão ocorre um fato estranho para os que estão de fora: Beaufront, o advogado do esperanto, responde às críticas formuladas contra o Ido. Finalmente, decide-se emitir a seguinte resolução:

> A Comissão declarou que as discussões teóricas estão encerradas e elegeu a Comissão Permanente cuja primeira tarefa será estudar e fixar os pormenores da língua a ser adotada. Fazem parte desta comissão os senhores Ostwald, Baudoin de Courtenay, Jespersen, Couturat e Leau. A Comissão decidiu que nenhuma das línguas examinadas pode ser adotada em bloco e sem alterações. Ela decidiu adotar, em princípio, o esperanto, pela sua relativa perfeição e pelas muitas e diversas aplicações já recebidas por ele, sob a condição de serem feitas algumas modificações pela Comissão Permanente, no sentido definido pelas conclusões do relatório dos secretários e pelo projeto Ido, buscando-se um acordo com a Comissão Linguística esperantista. Finalmente ela decidiu incluir o sr. Beaufront, devido à sua especial competência.

Essa decisão é comunicada em 2 de novembro ao Dr. Lázaro e ao presidente da Comissão Linguística, com o pedido de uma resposta à Comissão Permanente até o dia 5 de dezembro.

O prazo é muito curto para que todos os membros sejam consultados. Além disso, ocorrem dúvidas: o projeto Ido e a posição de Beaufront não são claros. Nesse meio tempo a revista *Lingvo Internacia* inicia uma polêmica contra a "mania das reformas". Finalmente, a 18 de janeiro de 1908, o reitor Beirac, presidente da Comissão Linguística escreve à Comissão Permanente para informar-lhe que não há possibilidade de acordo, em vista da manifestação desfavorável da maioria dos seus presididos. No mesmo dia o Dr.

Lázaro publica uma circular a todos os esperantistas, comunicando o fim das negociações com a Delegação. E a 29 de janeiro, respondendo a uma carta de Couturat, nega-lhe autorização para chamar "esperanto simplificado" à língua proposta pelo anônimo Ido.

Pouco tempo depois, o número de maio de *L'Espérantiste* publica uma declaração de Beaufront confessando ser Ido, o autor do projeto homônimo.

* * *

Como não pode deixar de ser, o desfecho do caso "Delegação" e a traição de Beaufront desgostam profundamente ao Dr. Lázaro. A língua internacional surgira para unificar os homens e não para provocar cismas.

No entanto, aí estava o esperanto de um lado e o Ido do outro – forças opostas a se digladiarem em batalhas verbais. Antes do rompimento com a Delegação, o Dr. Lázaro, fiel à sua vocação pacificadora, tudo fizera para harmonizar as partes em conflito, chegando mesmo a patrocinar um projeto de reforma do esperanto.

Mas tudo fora em vão! Agora resta-lhe observar, impotente, as violentas polêmicas em que se engalfinham os adeptos de uma língua criada para a pacificação universal... Felizmente o conflito vai aos poucos perdendo a intensidade porque os adeptos do esperanto, cientes da superioridade de sua língua, passam a olhar com indiferença crescente para o Ido, confiando em que o tempo se torne, como em tudo, o grande Juiz.

O Dr. Lázaro faz agora um balanço da situação.

Uns poucos adeptos – os amigos de reformas – aderiram ao Ido. Mas a maioria permanece fiel. E que possibilidades de expansão tem o Ido? Muito poucas. Não passando de um esperanto transformado, perdeu a severa coerência da língua original. Por outro lado a crise fortaleceu o esperanto porque demonstrou que toda ingerência de instituições estranhas ao movimento é-lhe daninha. O esperanto deve impor-se ao mundo por si, de maneira natural, isto é, pelos neologismos e arcaização.
A tempestade pôs em perigo a embarcação e acarretou-lhe alguns danos materiais. Mas o esperanto navega agora tranquilo e seguro porque deixou a zona das tempestades e achou definitivamente o seu rumo:

No meio da treva, nosso alvo fulgura,
Cobrindo o caminho de luz.
É como, na noite mais lúgubre e escura,
A estrela que orienta e conduz.
Que importam fantasmas, por entre o arvoredo,
Motejos, fracassos? Seguimos sem medo,
Pois claro, direto, real, definido
É ele, o caminho escolhido.

Unidos, tenazes, sigamos avante
Na luz que nos vem do infinito,
Pois mesmo minúscula gota, constante,
Consegue romper o granito,
Com a força que vem de vontade obstinada,
Paciência e esperança, prossegue a jornada,
E é certo que, enfim, chegaremos, um dia,
A um mundo de paz e harmonia.

Sementes que vamos lançando no mundo,
Às vezes, são vaga promessa ...
E muitas se perdem no solo infecundo,
Mas nosso trabalho não cessa.
"Oh! para!" – nos dizem alguns pela rua,
Mas o coração só nos diz: "continua!
Semeia, semeia, que o fruto virá!
Teu neto te agradecerá!"

Se a seca se alonga, se folhas fenecem
E súbito vento as carrega,
Nós logo sentimos renovos que crescem,
E um verde mais vivo que chega.
O nosso punhado de bravos não cansa.
É árido o mundo, mas grande a esperança,
Da estrela nos guia o fulgor permanente
Ao alvo que temos em frente.

Unidos, tenazes, sigamos avante
Na luz que nos vem do infinito,
Pois mesmo minúscula gota, constante,
Consegue romper o granito.
Com a força que vem de vontade obstinada,
Paciência e esperança, prossegue a jornada,
E é certo que, enfim, chegaremos, um dia,
A um mundo de paz e harmonia[20].

---

[20] Nota do autor: Este poema intitula-se *La vojo* (O caminho) e é de autoria do Dr. Zamenhof. A excelente versão em português é do prof. Sylla Chaves, tendo sido transcrita do livro *Por um mundo melhor através da poesia e do Esperanto*, editado pela Fundação Getúlio Vargas e escrito pelo referido professor.

Capítulo 28
Na Alemanha

Pontualmente, uma vez por ano, realizam-se os congressos universais. É uma grande festa para os adeptos da língua internacional que vão lá buscar inspiração e reforçar o seu entusiasmo pela nobre causa. Mas os certames não são apenas turismo e reuniões emotivas: favorecem também importantes decisões e normas de trabalho comum para os adeptos espalhados pelo mundo.

Em 1908 o Dr. Lázaro vai a Dresden, para o 4º congresso, onde, no discurso de abertura, após reportar-se aos desagradáveis acontecimentos relacionados com a Delegação, adverte aos esperantistas que tudo pode ser obtido para a causa, mas somente por meio da harmonia e da constância. Na verdade, seu coração está pesaroso pelo desfecho do caso da Delegação, mas que compensação ele está colhendo na bela cidade alemã...

O patrocínio do certame pertence ao rei e ao ministério da Saxônia. Os governos japonês e americano fazem-se representar. A Cruz Vermelha também manda um representante para o qual se organiza curiosa demonstração: cinquenta padioleiros e alguns oficiais médicos fazem um exercício de assistência médica a feridos de várias nacionalidades, mediante o uso da língua internacional.

Na parte artística está ocorrendo um teste decisivo para o valor cultural do esperanto. Os famosos atores Emanuel e Hedwig Reicher vão representar a tragédia *Ifigênia em Táuride*, em versão esperanta. Num camarote do Teatro Real o Dr. Lázaro é um espectador atento.

Como se comportarão os artistas no uso de uma língua recentemente aprendida? O Dr. Lázaro teme que eles deturpem o esperanto e o público saia insatisfeito do teatro. Mas o temor se desfaz imediatamente: a clara dicção dos intérpretes favorecida pela sua poderosa memória dissipa as dúvidas do Dr. Lázaro e faz com que o público, ao final da representação, esqueça o veículo linguístico e aplauda arrebatado a genial criação dramática de Goethe!

* * *

A Comissão Linguística reúne-se periodicamente durante o certame, aceita seu novo regulamento e cria a Academia de esperanto, para racionalizar seu trabalho.

O Congresso decide também criar um instituto para cuidar dos exames internacionais e atribuir diplomas a professores de esperanto.

Após o certame, o Dr. Lázaro aproveita a sua estada na Alemanha para fazer viagens curtas a Meissen, Wehlen, Chemnitz, Weisser Hirsch, Loschwitz e Berlim. Por toda parte encontra adeptos, por toda parte prestam-lhe homenagens que ele, pessoalmente, gostaria de evitar, mas lhe enchem o coração de alegria por ver nelas a consagração do seu ideal.

Capítulo 29
Na Espanha

Ano após ano os congressos universais vão trazendo novos progressos ao movimento, além de constituírem um poderoso veículo de propaganda para o esperanto. Para essas reuniões periódicas dos adeptos o Dr. Lázaro prepara cuidadosamente os seus discursos, consciente do seu papel de corifeu do movimento, embora ele prefira sentar-se entre os espectadores a ficar diante deles. Mas como pode furtar-se a discursos e homenagens, diante da impossibilidade de manifestarem os homens sua simpatia e entusiasmo por algo abstrato? O Dr. Lázaro encarna o esperanto, é o seu símbolo vivo, os interesses do movimento exigem-lhe mais esse sacrifício.

Por ocasião do congresso de Barcelona, em setembro de 1909, a situação política local é agitada. Alguns dias antes da abertura do conclave, explode uma rebelião na cidade. As forças da ordem patrulham as ruas. Aos visitantes esperantistas, muros de igreja danificados denunciam em silêncio a violência das bombas. Mesmo assim o congresso se reúne. Sob a presidência de honra do soberano espanhol, Afonso XIII. Sob o patrocínio de todos os ministros da Espanha. E com o convite formulado pelo chanceler espanhol aos governos amigos, para que se façam representar no conclave. Em consideração ao qual, Bélgica, México, Noruega e Estados Unidos enviam representantes oficiais.

O congresso de Barcelona destaca-se na parte literária: o Teatro Nacional apresenta em esperanto o drama *Mistério de dor*, de Adria Guàl, e realizam-se segundo o costume catalão os primeiros jogos florais na língua internacional, com a coroação dos vencedores nos concursos de poesia e prosa. Mas é na reunião da Associação Universal de Esperanto, realizada no programa do congresso, que o Dr. Lázaro colhe mais alegria, pois a AUE, fundada por particulares no ano anterior, para ligar os esperantistas pela prestação desinteressada de serviços mútuos, representa a concretização verdadeira do esperantismo e a resposta à declaração oficial de Boulogne, para a qual o esperanto é apenas uma língua e nada mais...

Capítulo 30
Nos Estados Unidos

Esperanto é comunicação e comunicação inclui viagens. Graças à língua internacional o Dr. Lázaro já conhece quase toda a Europa e agora prepara-se para visitar os Estados Unidos, em cuja capital vai realizar-se o 6º congresso. Dúvidas assaltam o Dr. Lázaro. Será que a América já oferece condições para a realização de um congresso? Não será muito jovem o movimento local para tamanho empreendimento? É que até esse ano, 1910, o esperantismo tem sido um movimento essencialmente europeu por sua origem, localização e uso principal da língua. O congresso de Washington será, portanto, um teste que mostrará a penetração das raízes da árvore esperanta no solo de outro continente. Com esta dificuldade: o país-sede não tem interesse direto numa solução do problema linguístico por meio do esperanto, porque em seu grande território milhões de pessoas, das mais diversas procedências e conservando em seus lares, durante uma ou mais gerações, o idioma da sua terra de origem, comunicam-se numa língua comum, a mais difundida no planeta.

Mas o teste oferece resultado positivo: cerca de 300 esperantistas americanos dão as boas-vindas a 80 colegas europeus. Além disso, onze governos enviam delegados: Brasil, China, Costa Rica, Equador, Espanha, Estados Unidos, Guatemala, Honduras, México, Pérsia e Uruguai, assim como quatro estados americanos: Carolina, Flórida, Luisiana e Óregon.

O discurso do Dr. Lázaro é um dos mais expressivos já feitos por ele, pela clarividência com que trata do futuro do esperanto.

> O objetivo pelo qual trabalhamos pode ser atingido por dois caminhos: ou pelo trabalho das massas populares ou por decreto dos governos. Muito provavelmente o nosso objetivo será alcançado pelo primeiro caminho, porque a um assunto como o nosso os governos chegam com sua sanção e ajuda somente quando tudo está preparado.
> E qual seria a consequência se um grande poder, como por exemplo os governos das nações, quisesse achar a solução para o problema da língua internacional? Muito provavelmente os membros da comissão eleita pelos governos para decidir que língua deveria tornar-se internacional raciocinariam da seguinte maneira: existe uma língua planejada que se mostrou totalmente viável, funciona muito bem, conserva-se já há muitos anos, criou uma grande literatura, elaborou a sua índole e vida, etc; por isso, em lugar de fazer sem nenhuma necessidade e objetivo novas tentativas arriscadas, aceitemos simplesmente o que existe, demos a isso o apoio da autoridade dos governos que representamos e então o eterno problema estará de imediato resolvido e toda a humanidade civilizada compreender-se-á reciprocamente.

E se essa comissão resolver fazer mudanças no esperanto? Se isso acontecer,

> essas mudanças só poderão ser extremamente pequenas, nunca poderão romper a continuidade com o que até agora tivemos, e nunca anularão o que até agora fizemos, estamos fazendo ou faremos depois.
>
> Isso que eu disse não é nenhuma autoconfiança própria de autor, porque eu admito e confesso abertamente que, para mudar algo na evolução natural do assunto da língua internacional, eu sou tão impotente como qualquer outra pessoa. As raízes esperantas da árvore da língua internacional já penetraram tão fundamente no terreno da vida, que já não pode qualquer interessado mudar as raízes ou deslocar a árvore a seu bel-prazer.

E num fecho de validade permanente:

> Podemos, portanto, trabalhar com tranquilidade; não devemos ficar tristes se nosso labor é às vezes muito difícil e ingrato; do nosso lado encontra-se não só o fogo dos nossos sentimentos, do nosso lado encontram-se também as leis irrefutáveis da lógica e prudência. Pacientemente, semeemos e semeemos, para que nossos netos tenham algum dia uma colheita abençoada.

O Dr. Lázaro não é orador, mas seu discurso é mais uma amostra de que ele sabe defender com maestria a causa que defende.

Capítulo 31
Para o "Congresso das raças"

De 26 a 29 de julho de 1911 realizar-se-á em Londres um "Congresso de raças". Batalhador incansável da confraternização universal, o Dr. Lázaro pressente no conclave uma boa oportunidade para semear suas ideias. Não podendo ir pessoalmente, envia uma memória sob o título *Os povos e a língua internacional*.

"Qual é a causa principal, e talvez única, do ódio entre os povos?", pergunta ele no início do seu escrito.

E ele mesmo responde: não são circunstâncias políticas. Por exemplo, um alemão nascido na Alemanha não sente ódio contra um alemão da Áustria, ao passo que alemães e eslavos, nascidos no mesmo país, olham-se como estranhos e – se o sentimento de humanidade não supera neles o egoísmo de grupo – eles se odeiam e combatem mutuamente.

Seria a concorrência econômica?

Mas esta ocorre dentro de cada país, com regiões mais desenvolvidas e outras menos; com classes abastadas e outras sem recursos.

Seria a distância, desigualdade das circunstâncias geográficas e climáticas?

Não, porque dentro de um mesmo país ocorrem essas diferenças que não impedem a solidariedade entre os seus habitantes.

Seria o fato de que povos e raças se diferenciam pelas características corporais?

Não, porque também essas diferenças existem dentro de uma mesma raça ou povo.

Seria a desigualdade mental?

Não, porque ela depende das circunstâncias em que vive o indivíduo. O povo selvagem de hoje, em circunstâncias favoráveis, pode tornar-se civilizado amanhã. Assim como o indivíduo civilizado, posto em circunstâncias desfavoráveis, pode degradar-se e regredir.

Seria a desigualdade de origem?

Mas ante o constante cruzamento racial, quem pode provar a sua origem?

> Qual é, portanto, a verdadeira causa da separação e do ódio entre os povos? Apenas a desigualdade das línguas e religiões. Principalmente a língua tem tão grande e quase exclusiva influência que em alguns idiomas as palavras língua e povo são sinônimos perfeitos entre si. Se dois indivíduos falam a mesma língua, sem humilhação recíproca, com iguais direitos sobre ela, e graças a ela não só se compreendem mais têm a mesma literatura, a mesma educação, os mesmos ideais, a mesma dignidade humana e direitos; se eles, além disso, têm o

o mesmo Deus, as mesmas festas, os mesmos costumes, as mesmas tradições, o mesmo modo de vida: então eles sentem-se irmãos entre si, então sentem que pertencem a um só povo.

Conclusão principal:

A separação e o ódio entre os povos desaparecerão apenas quando toda a humanidade tiver uma só língua e uma só religião. Continuarão ainda essas diversas discórdias que existem dentro de cada nação ou povo, como discórdias políticas, partidárias, econômicas, de classe, etc; mas a mais terrível de todas as discórdias, o ódio entre os povos, desaparecerá por completo.

Como atingir a unificação religiosa?
O Dr. Lázaro esquiva-se de responder, porque esse não é o tema de sua memória e porque essa unificação já começou há muito tempo por si mesma e progride lentamente, devido a circunstâncias ocasionais. De resto, a unificação religiosa está intimamente ligada à unificação linguística. É indubitável que quanto mais os homens se comunicarem num fundamento linguístico neutro, quanto mais sua literatura, ideias e ideais se unificarem por essa língua a que todos têm igual direito e não pertencente a nenhum povo, tanto mais depressa eles também se assimilarão reciprocamente no campo religioso.

Todo o problema da unificação da humanidade e do desaparecimento do ódio entre os povos concentra-se nisto: para as relações internacionais deve-se usar uma língua neutra, de fácil aquisição para todos, pertencente a todos em igualdade de direitos.

Essa língua neutra pode existir?

Sim, porque ela já existe há muito tempo. Não só existe, mas funciona bem e desempenha a contento o papel de elemento confraternizador entre os povos e eliminador de todos os muros e ódio internacional. Quem quer convencer-se disso, visite um dos congressos anuais de esperantistas, conclui o Dr. Lázaro.

Pouco depois, de 18 a 27 de agosto, ele encontra-se em Antuérpia, na Bélgica, para o 7º congresso. Ali o espera uma das mais singelas e tocantes homenagens que jamais lhe prestaram: após subir, com sua mulher, na carruagem que os levará ao local do conclave, congressistas ingleses desatrelam o cavalo e, segurando os varais, puxam o veículo até o local da convenção!

Sensibilizado, o Dr. Lázaro medita na grandiosidade do ideal esperantista, capaz de dissolver preconceitos seculares, arraigados em falsas superioridades.

Capítulo 32
Despedindo-se da liderança

Em agosto de 1912 o Dr. Lázaro encontra-se em Cracóvia, antiga capital polonesa, para o 8° congresso, onde irá entoar o canto do cisne.

Ao dirigir-se aos congressistas no seu tradicional discurso de abertura, comenta de início o jubileu de prata do esperanto, recentemente transcorrido.

Há vinte e cinco anos eu me perguntava temeroso se após vinte e cinco anos alguém no mundo saberia ainda que existiu outrora o esperanto e – se o esperanto vivesse – se ainda se pudesse compreender algo que tinha sido escrito em esperanto no seu primeiro ano, e se um esperantista inglês poderia compreender um esperantista espanhol. Sobre isso a história já deu uma resposta cabal e tranquilizadora. Cada um de vós sabe que uma obra escrita em bom esperanto há vinte e cinco anos conserva integralmente o seu valor ainda agora e os leitores nem podem dizer que ela foi escrita no primeiro ano de existência da nossa língua; cada um de vós sabe que entre o estilo de um bom esperantista inglês e o estilo de um bom esperantista espanhol dos dias de hoje não existe de fato nenhuma diferença. Nossa língua progride e se enriquece constantemente e, todavia, graças à regularidade do seu progresso, ela nunca muda, nunca perde a continuidade com a língua de um tempo anterior.

Assim como a língua de uma pessoa amadurecida é muito mais rica e elástica que a de uma criança e, todavia, a língua de uma criança que fala corretamente em nada difere da de uma pessoa amadurecida, também uma obra escrita em esperanto há vinte e cinco anos não tem um vocabulário tão rico como uma obra escrita na atualidade e, todavia, a língua daquele tempo não perdeu nada do seu valor também no tempo atual. Uma língua que suportou a prova durante vinte e cinco anos, que viveu durante toda uma geração humana em estado ótimo e sempre mais florescente, e que já é mais velha do que muitos dos seus usuários, que já criou uma literatura grande e poderosamente crescente, que tem sua história e suas tradições, seu espírito e seus ideais definidos, já não deve temer que algo a arranque desse caminho natural e reto em que ela evolui. A vida e o tempo garantiram ao esperanto uma força natural que nenhum de nós pode desrespeitar impunemente. O jubileu de hoje é uma festa dessa vida e desse tempo.

Na segunda parte do discurso o Dr. Lázaro lança um pedido que causa sensação:

Agora que a maturidade de nossa causa é já absolutamente indubitável, dirijo-me a vós, caros companheiros, com um pedido que já há muito queria dirigir-vos, mas adiei até agora, temendo fazê-la muito cedo. Eu peço que vós me libereis desse encargo que eu, por razões naturais, desempenhei em nossa causa durante vinte e cinco anos. Peço-vos que a partir de agora deixeis de ver em mim um mestre, deixeis de honrar-me com esse título.

O congresso atual é o último em que me vedes diante de vós; futuramente, se eu puder vir, ver-me-eis sempre apenas entre vós.

Quais as causas dessa decisão?

Não envolver o esperanto com as ideias filosóficas do seu criador, evitar que o mundo considere esperantismo e homaranismo como uma coisa só.

Fora da posição de líder do esperanto, ele teria mais liberdade para defender o seu ideal ético. Ele também quer dar mais liberdade aos esperantistas, possibilitando-lhes tomar decisões próprias, desligadas de qualquer influência dele, mesmo involuntária. Além de tudo, os que conhecem a personalidade do Dr. Lázaro sabem que essa liderança lhe contraria a modéstia e é forçada pelas circunstâncias.

Em Berna, na Suíça, durante o 9° congresso realizado em 1913, ele estará com sua mulher, tranquilamente sentado na plateia, conversando sem formalidade com os companheiros, defendendo livremente as ideias que lhe são caras.

Capítulo 33
Frustração

Corre o ano de 1914, em que os esperantistas realizarão o seu 10º congresso. Pouco antes, em Cracóvia, o jubileu de prata ensejara estatísticas que mostravam progresso crescente da língua internacional: 1.831 livros publicados até agosto de 1912, dos quais, 114 dicionários e 456 manuais; quanto aos clubes esperantistas, havia 44 em 1902, 113 em 1903, 186 em 1904, 308 em 1905, 474 em 1906, 721 em 1907, 1.266 em 1908, 1.455 em 1912, dos quais 1.199 na Europa, 126 na América do Norte, 67 na América do Sul, 32 na Ásia, 23 na Oceania e 8 na África. São números que entusiasmam os adeptos e os incitam à realização de um grande congresso para mostrar ao mundo os progressos alcançados. Paris é a cidade escolhida. Lá os esperantistas alugam o gigantesco palácio Gaumont e o enfeitam com bandeiras verdes. Até agora o congresso com participação mais numerosa foi o de Antuérpia: 1.700 congressistas. No entanto, para o de Paris já estão inscritos 3.700!

O Dr. Lázaro está de novo arrumando as malas para viajar. Ele sabe que o conclave de Paris será grandioso – para impressionar a opinião pública –, mas seu coração está aflito. Pretendia convocar uma reunião de homaranistas durante o congresso, mas os organizadores, invocando razões políticas, lhe suplicaram que não o fizesse. Então que adiantara demitir-se em Cracóvia da sua função de líder? Nem como particular ele tinha liberdade para agir? Para ele o ideal ético está acima do esperanto, o esperanto reflete apenas o lado linguístico do objetivo maior: a confraternização entre os homens. Mesmo assim ele decide ir: em Paris procurará acertar um congresso de homaranistas num país neutro.

É verdade que muito se fala e escreve sobre a possibilidade de irromper uma guerra, mas o Dr. Lázaro não acredita e parte com sua mulher para a França.

Logo a realidade se incumbe de mostrar que está enganado: chegando à Colônia, na Alemanha, informam-no de que os alemães estão em guerra com os russos e que ele com sua esposa, como cidadãos numa nação inimiga (pois Varsóvia é domínio dos russos), devem abandonar imediatamente a Alemanha.

É o que procuram fazer viajando durante catorze dias até a fronteira germano-russa. Para decepção do casal eles não podem passá-la e, para tornarem à pátria, devem dar uma grande volta através de países neutros: Suécia e Finlândia. Viagem não só extenuante pela distância, mas aflitiva, especialmente para o Dr. Lázaro, pregador da confraternização... Porque o mundo, mais uma vez, revela preferir o troar ensurdecedor do canhão e o matraquear crepitante da metralhadora à melodia suave e fraterna do esperanto.

No trem que o conduz de volta a Varsóvia, o Dr. Lázaro olha, sem ver, a paisagem em volta. Uma onda negra de pessimismo lhe envolve o coração. Uma vida inteira desperdiçada sem proveito... O patrimônio da esposa consumido num ideal incompreendido... Tanta luta, tanta canseira... Para quê, meu Deus? Para quê?

Alheio à sua tragédia íntima, um pássaro alça voo e se projeta no céu luminoso. Poderá algum dia a alma de Lázaro desfazer-se do abatimento que a prostra e renascer para a liberdade e para a luz?

Capítulo 34
Em luta com a doença

Profundamente abalado com os acontecimentos, o Dr. Lázaro retoma o trabalho na sua clínica de Varsóvia. Seu generoso coração, que tanto pulsa pela compreensão entre os povos, precisa conformar-se agora com uma guerra mundial. E a consequência é dolorosa.

Três meses depois, a 22 de novembro, em plena noite, dona Clara, sua esposa, acorda sobressaltada o filho, médico recém-formado:

— Adão... Adão... seu pai está passando muito mal!

O jovem corre ao quarto do pai onde o encontra sentado na cama, gemendo, muito pálido, de uma fortíssima dor no coração.

— Pai, tenha um pouco de paciência; vou telefonar para um colega seu.

O Dr. Lázaro acha forças para responder com veemência:

— Não incomode ninguém a esta hora... Eu sou médico e sei muito bem que isto vai passar logo...

Indeciso, o filho aguarda os acontecimentos. Mas como a dor continua, telefona para o Dr. Kunig, velho amigo do pai e especialista em doenças cardíacas.

Quando ele chega, o Dr. Lázaro já está passando melhor, mas o médico percebe que o coração está gravemente doente e prescreve ao paciente alguns dias de cama.

Enquanto este repousa, o Dr. Adão substitui-o na clínica, atendendo à clientela pobre que vem pela manhã. Com isso o Dr. Lázaro fica liberado de um trabalho estafante, clinicando apenas duas horas depois do almoço. E agora não precisa mais ficar até depois da meia-noite no seu trabalho em favor do esperanto, que passa a ser feito de manhã.

Todos os dias dona Clara insiste com ele para que saia um pouco, tome um pouco de ar... Mas a Rua Dzika, onde residem, não oferece atrativos para passeios: é movimentada e barulhenta.

Visando a beneficiar o doente, em julho de 1915, a família muda-se para a Rua Królewska, junto ao jardim público central. Realmente as condições da nova residência são mais favoráveis: além dos pequenos passeios que ele pode dar, sobra-lhe mais tempo para o esperanto porque o Dr. Adão lhe permite atender apenas um número diminuto de clientes.

Mas além da doença que evolui acarretando-lhe sofrimentos intensos, as condições morais são-lhe de todo desfavoráveis. Além da guerra – negação brutal ao seu humanismo ingênito – as consequências que ela traz aumentam-lhe a tristeza. Como pode ele manter agora aquela intensa troca de ideias com companheiros do mundo todo? O isolamento forçado a que se vê reduzido é uma prisão tão aflitiva quanto a doença que lhe raciona os movimentos. De vez em quando as sombras dessa prisão são esclarecidas pela presença de companheiros fiéis, cuja dicção esperanta lhe renova o entusiasmo: Grabowski,

Leo Belmont, Odo Bujwid, Wiesenfeld e o comandante do porto de Varsóvia durante a ocupação alemã, major Neubarth. Fato curioso: apesar de acabrunhado, o Dr. Lázaro não perde o otimismo, acreditando sempre que a guerra há de acabar logo e em seu lugar surgirão relações internacionais mais aperfeiçoadas.

Afora essas visitas ocasionais, o trabalho de tradução para o esperanto é o refúgio em que ele se abriga prazerosamente. Aliás, as traduções são a parte mais extensa e importante da sua obra. Até agora publicou as seguintes: *A batalha da vida*, de Dickens (1891); *Hamlet*, de Shakespeare (1894); *O revisor*, de Gogol (1907); *Eclesiastes*, da Bíblia (1907); *Jorge Dandin*, de Molière (1908); *Ifigênia em Táuride*, de Goethe (1908);

Os assaltantes, de Schiller (1908); *Os salmos*, da *Bíblia* (1908); *O rabi de Bacherach*, de H. Heine (1909); *O ginásio*, de Alejhem (1909); *Marta*, de E. Orzesko (1910); *Os provérbios* (1910); *Gênesis* (1911); *Êxodo*, *Levíticos* (1912), *Deuteronômio*, todos os cinco da *Bíblia*. Atualmente ele se ocupa com a tradução completa do *Velho Testamento*. E para depois dessa já está planejada a versão das *Fábulas* de Andersen. Porque o Dr. Lázaro trabalha com método: tantas páginas por dia, de acordo com um cronograma que nem a doença, no começo, consegue atrasar...

Neste momento ele está sentado na cama, com o olhar fixo num ponto qualquer do quarto. Nas mãos um lápis e a fiel caderneta de anotações. Ele pensa no fim da guerra e na contribuição que pode dar aos diplomatas que irão sentar-se à mesa das negociações de paz.

Capítulo 35
Em favor
da humanidade

Em novembro de 1915 o *British Esperantist* publica o *Apelo aos diplomatas*, acompanhado de tradução em inglês.

Quando vos reunirdes após a guerra mais mortífera que a história já conheceu tereis diante de vós uma tarefa extraordinariamente grande e importante. Dependerá de vós que o mundo a partir daí tenha paz durante longo tempo e talvez para sempre, ou que tenhamos apenas silêncio por algum tempo, logo interrompido por diversas explosões de batalhas entre raças ou até de novas guerras. Zelai, portanto, para que vosso trabalho não fique sem objetivo e infrutífero, e após o fim de vossos labores a humanidade possa dizer: não suportamos em vão os grandíssimos e terríveis sacrifícios.

Começareis simplesmente a refazer e remendar o mapa da Europa? Decidireis simplesmente que o pedaço de terra A deve pertencer ao povo X, e o pedaço de terra B ao povo Y? É verdade que devereis fazer esse tipo de trabalho, mas ele deve ser apenas uma parte sem importância de vossos labores; preveni-vos para que a reforma do mapa não se torne a essência toda de vossos trabalhos, porque então eles ficariam absolutamente sem valor, e os grandíssimos sacrifícios de sangue que a humanidade suportou seriam inúteis.

E depois de aludir à formação dos "Estados Unidos da Europa" para substituir as grandes e pequenas nações europeias, o Dr. Lázaro propõe aos diplomatas que, quando se reunirem, após o fim da guerra, estabeleçam em nome e sob a garantia dos seus governos os seguintes princípios:

1. Cada nação pertence moral e materialmente a todos os seus habitantes naturais ou naturalizados, qualquer que seja sua língua, religião ou suposta origem; nenhuma raça deve ter, dentro de cada país, mais ou menos direitos ou deveres do que as outras raças;

2. Todo cidadão tem pleno direito de usar a língua ou o dialeto que deseja, e professar a religião de sua preferência. Só nas instituições públicas que não estão destinadas especialmente a uma só raça, deve-se usar a língua que por acordo comum dos cidadãos foi aceita como língua nacional. Porém a língua nacional deve ser considerada não como tributo humilhante que raças dominadas devem a uma raça dominante, mas apenas como concessão voluntária da minoria à maioria, para atender a fins práticos;

3. A respeito de todas as injustiças feitas em alguma nação, o governo desta é responsável perante um Tribunal

Pan-Europeu Permanente, organizado por acordo entre todas as nações europeias;

4. Toda nação e toda província devem ter, não o nome de um povo, mas apenas um nome geográfico neutro, aceito por acordo geral de todas as nações.[21]

E o apelo termina desta forma:

> Senhores diplomatas! Após a terrível guerra exterminadora que colocou a humanidade em posição inferior aos animais ferozes, a Europa espera de vós a paz. Ela espera, não um acordo provisório, mas uma paz constante, que só ela convém a uma raça humana civilizada. Mas lembrai, lembrai, lembrai que o único meio para alcançar essa paz é: afastar de uma vez a causa principal das guerras, herança bárbara da mais antiga era anterior à civilização, o domínio de umas raças sobre outras.

Que resultado alcançará esse apelo lançado heroicamente por um homem que luta contra a morte?

O Dr. Lázaro não sabe que o fim da guerra está longe, e o bom senso dos homens mais longe ainda. Mas os princípios lançados por ele ficam gravados no grande livro da História, como lições de valor permanente e inalterável.

---

[21] Nota do autor: São nomes geográficos neutros: "Confederação Suíça", "Estados Unidos", "Brasil". Exemplo de nome geográfico não neutro seria "Rússia", com o qual, segundo Zamenhof, os russos sentir-se-iam privilegiados, em prejuízo de letões, estonianos ou poloneses. Como sabemos, pelo tratado de 30/12/1922 foi proclamada a União das Repúblicas Socialistas Soviéticas, ou abreviadamente URSS... designação que substituiu oficialmente o antigo nome "Rússia", reservado hoje para designar apenas uma das mencionadas repúblicas.

Capítulo 36
A partida

O ano de 1916 arrasta-se ainda mais penosamente para o Dr. Lázaro, com o recrudescimento da guerra e o agravamento do seu estado de saúde. Ele encontra-se muito abatido, qualquer pequeno esforço lhe exige um grande sacrifício e quando consegue datilografar umas poucas páginas, precisa descansar alguns dias na cama para fortalecer o coração. As dores o acompanham sempre, mas não geme para que parentes e amigos não sofram com ele.

Apesar de não ter mais de 57 anos, o Dr. Lázaro é como uma vela cuja chama, extinguindo-se lentamente, está próxima do fim. Mas sempre dando luz e calor aos que o cercam, pois os seus pensamentos e palavras estão unicamente voltados para o bem da humanidade.

No dia 14 de abril de 1917 o enfermo apresenta uma melhora que anima os parentes. Ele fica só no quarto, entregue às suas meditações. Mas a melhora é aparente: a agonia começa e quando os familiares se dão conta da situação o doente falece. No criado-mudo, a caderneta cheia de anotações. Sobre a mesa, um manuscrito inacabado descreve a sua experiência religiosa e as dúvidas que o assaltaram.

No dia 16, frio e cinzento, faz-se o enterro. Muita gente o acompanha, são os esperantistas de Varsóvia e a população pobre do bairro judeu. Esta, pelo menos, revela-se grata ao benfeitor que lhe curara os olhos físicos. O resto da humanidade, porém, a quem ele quisera curar da cegueira moral, não está representada. Presa de ódio e cobiça, digladia-se brutalmente nos campos de batalha...

* * *

O bondoso médico polonês desaparece do cenário físico. Mas seu sistema ético e o esperanto não morrem.

Eles sobrevivem a crises e guerras, como mensagens permanentes de esperança num mundo renovado em bases de confraternização e serviço, de lógica e bom senso.

Esperança concretizável?

O problema é de amadurecimento coletivo. Quando o corpo social atingir um estágio moral mais evoluído, o esperanto e as ideias éticas de Zamenhof não serão privilégio de um punhado reduzido de "eleitos", isto é, de pessoas que já desenvolveram a necessária sensibilidade para assimilá-los, mas constituirão patrimônio comum da humanidade.

O Dr. Lázaro já não felicita o mundo com a sua presença física. Porém, a sua obra aí está, à espera dos homens de boa vontade que sonham com um mundo melhor e arregaçam as mangas para construí-lo.

Posfácio[22]

A semente linguística, lançada pelo Dr. Zamenhof, em 1887, desenvolveu-se lentamente, mas é hoje árvore grandiosa cujas raízes se estendem pelos cinco continentes e sob cuja ramagem, acolhedora e fraterna, se congregam centenas de milhares de adeptos de muitos países.

A semelhança de todo grande ideal, o movimento esperantista prossegue devagar, mas inexoravelmente, conquistando cérebros e, sobretudo, ganhando corações graças à mensagem de solidariedade embutida na língua internacional. É realmente emocionante encontrar companheiros e companheiras encanecidos no ensino do esperanto e, mais ainda, conhecer jovens a falar fluentemente a língua internacional, divulgando-a com a energia e o entusiasmo próprio da idade. E, embora não se trate de conquistas espetaculares, não passa semana sem que o movimento esperantista registre

---
[22] Nota do autor: À primeira edição da FEB, de 1984.

expressivas vitórias que, para uma análise realista, constituem a base indispensável para o triunfo definitivo. Triunfo que há de vir por estar enquadrado na lógica da vida, que quer a vitória do bem, embora tal triunfo esteja aparentemente distante, ao menos para os termos limitados de uma existência humana. Escrevi "aparentemente" porque... que é o tempo para o Espírito imortal?

Depois que foi lançada a primeira edição deste livro, em 1973, alguns fatos importantes se inscreveram na história do esperantismo, mas vou citar apenas dois para evidenciar o caráter irreversível do movimento. O primeiro, de cunho universal, é a forte expansão do esperanto na América do Sul e Ásia, longe, portanto da Europa, que continua sendo seu núcleo maior; realmente em 1981 realizou-se em Brasília o 66º Congresso Universal de Esperanto, que congregou 1.700 pessoas de 50 países e foi o primeiro congresso universal no Hemisfério Sul.

Por outro lado a língua internacional está penetrando mais na Ásia, onde, além do seu tradicional foco, que é o Japão, despertam hoje para o esperanto países de sistemas políticos e econômicos muito diferentes entre si, como Irã, Coreia do Sul e República Popular da China.

O segundo fato a merecer destaque é o crescimento do movimento esperantista brasileiro, que a partir do Congresso Universal de Brasília caminha para a sua indispensável unificação. Para esse crescimento, muito colabora a Federação Espírita Brasileira, editando livros para o ensino da língua, promovendo cursos, divulgando o esperanto pelas colunas do seu mensário *Reformador* e, sobretudo, incentivando entre os espíritas o estudo da língua internacional, pelas sugestões contidas no opúsculo *Orientação ao centro espírita*, editado pela FEB em 1980.

O esperantismo é uma seara imensa que precisa permanentemente de um contingente enorme de trabalhadores. Como acontece com todo ideal elevado, trabalhar pelo esperanto é enriquecer espiritualmente a humanidade e ao mesmo tempo enriquecer-se a si próprio. No entanto, para que isso ocorra de forma plena é preciso utilizar a língua internacional qual veículo de fraternidade, como queria sabiamente o seu Iniciador. Que nós, esperantistas, tenhamos sempre em mente, em nossos labores, o elevado pensamento ético de Zamenhof bem como a luminosa lição do Apóstolo Paulo em sua *Primeira epístola aos coríntios*, capítulo 13: "Ainda que eu falasse as línguas dos homens, e dos anjos, e não tivesse caridade seria como o metal que tine, ou como o sino que retine."

Seja, portanto, o nosso lema: trabalhar pelo esperanto e, com ele, pelo reino da solidariedade entre todos os homens e entre todas as nações.

Apêndice

O nome do criador do esperanto.

Segundo a nota 1 que se encontra à pág. 56 do livro *Originala verkaro* - L. L. Zamenhof, compilado pelo Dr. J. Dietterle, Lípsia, 1929, o criador do esperanto assina seu nome com "s": Samenhof, até o fim de 1891, nos artigos escritos em alemão para o jornal *O esperantista* e também no cabeçalho dessa publicação onde se lê o endereço dele.

Referida nota acrescenta que o nome "Samenhof" é alemão e não russo, como supuseram alguns esperantistas franceses por causa da desinência "of".

Por que teria ele adotado a grafia Zamenhof com "Z"?

Em resposta aos esperantistas de Berlim que o haviam consultado sobre a grafia correta do seu nome, resposta esta publicada no nº 5 do *Esperantistiche Mitteilungen* (junho de 1904) e transcrita pelo Dr. Dietterle, na obra acima mencionada, o Dr. Lázaro esclarece:

> Pode-se agora escrever um nome próprio em esperanto, como agora se escreve na língua nacional do seu possuidor, pois atualmente a escrita fonética de muitos nomes lhes causaria excessiva mutilação e não reconhecimento. Mas isto é apenas um recurso provisório; devemos tender a que mais cedo ou mais tarde todos os nomes sejam escritos na língua internacional pela fonética internacional desta língua para que todas as nações possam ler corretamente esses nomes. Por isso todas as pessoas que não temem mutilar excessivamente ou tornar irreconhecível seu nome com a escrita fonética, podem já agora escrever seu nome à maneira esperanta. Eis a causa por que eu escrevo meu nome com Z, embora ele seja de origem alemã.

Quanto ao prenome do autor do esperanto, deve-se esclarecer que seus pais o registraram com o nome hebraico Lázaro, ao qual acrescentaram, conforme o costume, um segundo prenome cristão, com a mesma letra inicial, Luís, sendo portanto seu nome completo: Lázaro Luís Zamenhof.

Fato curioso: o autor do esperanto dava preferência ao prenome Luís, como se pode deduzir de um cartão de visita anterior à troca do "s" pelo "z" no sobrenome, onde se lê: Dr. Ludwik Samenhof. Da mesma forma, na primeira lápide colocada sobre o seu túmulo lia-se: Doktor Ludwik Zamenhof (tanto a fotografia do cartão como a da primeira lápide estão reproduzidas no *Memorlibro pri Ia Zamenhof-Jaro*, editado pela Associação Universal de Esperanto em 1960) .

Essa preferência pelo prenome Luís (Ludwik em polonês, Ludoviko em esperanto) deu origem a confusões: algumas enciclopédias registram só "Luís" ou "Ludwik", outras

"Luís Lázaro". Na cidade de São Paulo o Ginásio Estadual de Vila Mazzei chama-se precisamente "Dr. Luís Lázaro Zamenhof", assim como uma rua da cidade de São Carlos, no mesmo Estado.

Também a inscrição junto ao busto do criador do esperanto, localizado na Praça da República, na capital paulista, incide no mesmo erro. Cumpre retificar essas denominações para a sua forma verdadeira: Dr. Lázaro Luís Zamenhof.

2. Regras do esperanto

1. Não existe artigo indefinido: só existe o artigo definido (*la*), igual para todos os sexos, casos e números.
2. Os substantivos têm a desinência *o*. Para a formação do plural acrescenta-se a desinência *j*. Só existem dois casos: nominativo e acusativo; forma-se o último acrescentando n ao nominativo. Exprimem-se os outros casos por meio de preposição (o genitivo com *de*, o dativo com *al*, o ablativo com *per* ou preposições outras, conforme o sentido).
3. O adjetivo termina em *a*. Casos e números como no substantivo. Forma-se o comparativo com a palavra *pli*, e o superlativo com *plej*; com o comparativo usa-se a conjunção *ol*.
4. Os numerais cardinais (invariáveis) são: *unu, du, tri, kvar, kvin, ses, sep, ok, nau, dek, cent, mil*. As dezenas e as centenas são formadas pela simples junção dos numerais. Para a indicação dos ordinais acrescenta-se a desinência do adjetivo; para os multiplicativos - o sufixo *-obl*, para os fracionários *-on*, para os coletivos *-op*, para os distributivos a palavra *po*. Além disso, podem-se usar numerais substantivados e adverbiados.
5. Pronomes pessoais: *mi, vi, li, ŝi* (=*shi*), *ĝi* (*dji*) (para coisa ou animal), *si, ni, vi, li, ili, oni*; os pronomes possessivos são

formados pelo acréscimo da desinência do adjetivo. A flexão é igual à dos substantivos.

6. O verbo não se flexiona para indicar pessoa ou número. Formas do verbo: desinência do presente: *-as*; pretérito; *-is*; futuro do presente; *-os*; futuro do pretérito: *-us*; imperativo: *ou*; infinitivo: *ci*. Particípios (com sentido adjetivo ou adverbial): ativo presente: *-ant*; ativo pretérito: *-int*; ativo futuro: *-ont*; passivo presente: *-at*; passivo pretérito: *-it*; passivo futuro: *-ot*. Obtêm-se todas as formas da voz passiva com o auxílio da forma correspondente do verbo ser e o particípio passado do verbo que se usa; a preposição que acompanha a voz passiva é *de*.

7. Os advérbios de modo terminam em *e*; graus de comparação como nos adjetivos.

8. Todas as preposições regem, por si, o nominativo.

9. Cada palavra é lida como se escreve.

10. O acento tônico cai sempre na penúltima sílaba.

11. Formam-se palavras compostas pela simples junção das palavras (o vocábulo principal fica no fim); as desinências gramaticais são consideradas também palavras independentes.

12. Junto à palavra negativa não se pode usar o advérbio não.

13. Para indicar direção, as palavras recebem a desinência do acusativo.

14. Cada preposição tem um sentido determinado e constante; mas se deve ser usada uma preposição e o sentido não mostrar qual delas deve-se empregar, usa-se então a preposição *je*, que não tem sentido próprio.

Em lugar de *jê*, pode-se também usar o acusativo sem preposição.

15. Os chamados estrangeirismos, isto é, os vocábulos que a maioria das línguas tomou de uma só fonte, são usados no esperanto sem alteração, recebendo apenas a ortografia desta língua; mas com palavras derivadas de uma só raiz é melhor

usar apenas a palavra básica e, desta, derivar as outras conforme as regras do esperanto.

16. A vogal final do substantivo e do artigo pode ser omitida e substituída por apóstrofo.

(Extraído da Fundamenta Krestomatio, de L. L. Zamenhof)

3.Textos originais da Resolução da UNESCO sobre o esperanto, nas línguas espanhola, inglesa e francesa.

Publicamos abaixo os textos originais em espanhol, inglês e francês da Resolução 8C/DR/116, aceita pela Conferência Geral da UNESCO na última sessão plenária, em 10 de dezembro de 1954. Em seguida, a tradução portuguesa.

Texto espanhol

La Conferencia General. habiendo considerado el Informe del Director General sobre la Petición Internacional en favor del Esperanto,

(1) se da por enterada de los resultados alcanzados por el esperanto en la esfera de las relaciones intelectuales ínternacionales y en el acercamiento de los pueblos del mundo;

(2) reconoce que esos resultados responden a los fines e ideales de Ia U. N. E. S. C. O.;

(3) aconseja al Director General que siga la evolución del uso del Esperanto en la ciência, la educación y la cultura y con tal fino colabore con la Asociación Universal de Esperanto en asuntos que conciernan a ambas organizaciones;

(4) convoca a los Estados Miembros que han expresado estar dispuestos a establecer o ampliar la enseñanza del esperanto en las escuelas, para que informen al Director General acerca de los resultados obtenidos en ese campo.

Texto inglês

The General Conference, having discussed the Report of the Director-General on the International Petition in favour of esperanto,

(1) Takes note of the results attained by esperanto in the field of international intellectual relations and in the rapprochement of the peoples of the world;

(2) recognizes that these results correspond with the aims and ideals of U. N. E. S. C. O.;

(3) authorizes the Director-General to follow current development in the use or esperanto in education, science and culture, and to this end, to co-operate with the Universal Esperanto Association in matters concerning both organizations;

(4) takes note that several Member States have announced their readiness to introduce or expand the teaching of esperanto in their schools and higher educational establishments, and requests these Member States to keep the Director-General informed of the results attained in this field.

Texto francês

la Conférence Générale, aprés discussion du Rapport du Directeur Général sur la Petition Internationale en faveur de l'esperanto,

(1) note les résultats obtenus au moyen de l'esperanto dans les échanges intellectuels internationaux et pour le rapprochement des peuples;

(2) constate que ces résultats correspondent aux buts et idéaux de l'U. N. E. S. C. O.;

(3) authorise le Directeur Général de suivre les expériences que représente l'utilisation de l'esperanto pour l'éducation, la

science et la culture et, dans ce but, collaborer ave c l'association Universelle de l'esperanto dans les domaines intéressant les deux organisations:

(4) note que plusieurs Etats Membres se sont déclarés prêts à introduire ou à développer l'eneignement de l'Esperanto dans leurs écoles primaires, secondaires ou supérieures, et invite ces Etats Membres à tenir le Directeur Général informé des résultats obtenus dans ce domain.

Tradução portuguesa

A Conferência Geral, tendo discutido o Relatório do Diretor Geral sobre a Petição Internacional em favor do esperanto,

(1) toma conhecimento dos resultados atingidos por meio do esperanto no campo das relações intelectuais internacionais e na aproximação dos povos do mundo;

(2) reconhece que esses resultados correspondem aos objetivos e ideais da U. N. E. S.C.O.;

(3) autoriza o Diretor Geral a acompanhar a evolução do uso do esperanto na ciência, educação e cultura e, para esse fim, colaborar com a Associação Universal de Esperanto em assuntos concernentes a ambas as organizações;

(4) toma conhecimento de que vários Estados-Membros, informaram de sua disposição a introduzir ou ampliar o ensino do esperanto em suas escolas primárias, secundárias ou superiores, e solicita a esses Estados-Membros que mantenham informado o Diretor Geral sobre os resultados atingidos nesse campo.

Observação: Os textos em espanhol, inglês e francês foram transcritos da revista *Esperanto*, N.E. 591, fevereiro de 1955.

4. Relações consultivas

Desde 8 de dezembro de 1954 a Associação Universal de Esperanto foi autorizada pela UNESCO a manter "relações de consulta" com esta entidade.[23]

Essa posição confere à AUE uma série de direitos e privilégios que, segundo o prof. Ivo Lapenna,

> se resumem no direito básico de ser consultada em todos os assuntos concernentes à competência e campo de atividade da AUE. Praticamente isso significa o direito de emitir sua opinião a respeito de tudo o que se refere à questão linguística nas relações internacionais.

Por sua vez, a associação em relações consultivas tem uma série de deveres, sendo o principal o de ajudar, segundo suas possibilidades, na realização do programa da UNESCO.

5. A UNESCO oficializa o centenário de Zamenhof

Em 15 de fevereiro de 1960, o sr. René Maheu, diretor geral da UNESCO, enviava a todos os governos a carta CL/1.406, cuja parte principal é a seguinte:

TEMA: COMEMORAÇÃO DE DATAS DE GRANDES PERSONALIDADES

Senhor,

---

[23] N.E.: Presentemente, a Associação Universal de Esperanto mantém as relações operacionais com a Unesco, especiais consultivas com a ONU, consultivas com a Unicef e o Conselho Europeu, de colaboração geral com a OEA e de intercâmbio com a Comissão Técnica TC 37 da Organização Internacional de Normatização.

Tenho a honra de pedir sua atenção para a decisão aceita pela Comissão Executiva em sua 55ª sessão, relativamente à comemoração de grandes personalidades em 1960.

Os nomes selecionados pela decisão são:
..., Dr. Lázaro Luís Zamenhof, polonês, iniciador do esperanto, nascido em 1859.

Em conformidade, tenho a honra de convidar o Governo de V. Excia. a participar na comemoração dessas datas na forma que julgar oportuna.

A decisão da UNESCO foi a mais alta honraria que o nome do Dr. Zamenhof recebeu. Graças a ela, também oficialmente o sábio polonês ingressou na galeria dos imortais.

(Extraído do *Mernorlibro pri Zamenhof-Jaro*, pág. 103)

6. Congressos universais de esperanto

	Ano	Local
1.	1905	Boulogne-sur-Mer, França
2.	1906	Genebra, Suíça
3.	1907	Cambridge, Reino Unido
4.	1908	Dresden, Alemanha
5.	1909	Barcelona, Espanha
6.	1910	Washington, Estados Unidos
7.	1911	Antuérpia, Bélgica
8.	1912	Cracóvia, Polônia
9.	1913	Berna, Suíça
10.	1914	Paris, França (não se realizou por causa da declaração de guerra)
11.	1915	San Francisco, Estados Unidos
12.	1920	Haia, Holanda
13.	1921	Praga, Tcheco-Eslováquia
14.	1922	Helsinque, Finlândia

15.	1923	Nurembergue, Alemanha
16.	1924	Viena, Áustria
17.	1925	Genebra, Suíça
18.	1926	Edimburgo, Reino Unido
19.	1927	Danzig
20.	1928	Antuérpia, Bélgica
21.	1929	Budapeste, Hungria
22.	1930	Oxford, Reino Unido
23.	1931	Cracóvia, Polônia
24.	1932	Paris, França
25.	1933	Colônia, Alemanha
26.	1934	Estocolmo, Suécia
27.	1935	Roma, Itália
28.	1936	Viena, Áustria
29.	1937	Varsóvia, Polônia
30.	1938	Londres, Reino Unido
31.	1939	Berna, Suíça
32.	1947	Berna, Suíça
33.	1948	Malmo, Suécia
34.	1949	Bournemouth, Reino Unido
35.	1950	Paris, França
36.	1951	Munique, Alemanha
37.	1952	Oslo, Noruega
38.	1953	Zagreb, Iugoslávia
39.	1954	Haarlem, Holanda
40.	1955	Bolonha, Itália
41.	1956	Copenhague, Dinamarca
42.	1957	Marselha, França
43.	1958	Mogúncia, Alemanha
44.	1959	Varsóvia, Polônia
45.	1960	Bruxelas, Bélgica
46.	1961	Harrogate, Reino Unido
47.	1962	Copenhague, Dinamarca
48.	1963	Sofia, Bulgária

48.	1964	Haia, Holanda
49.	1965	Tóquio, Japão
50.	1966	Budapeste, Hungria
51.	1967	Roterdã, Holanda
53.	1968	Madri, Espanha
52.	1969	Helsinque, Finlândia
53.	1970	Viena, Áustria
54.	1971	Londres, Reino Unido
55.	1972	Portland, Óregon, Estados Unidos
56.	1973	Belgrado, Iugoslávia

Como podemos ver pela relação apresentada, os congressos universais vêm sendo realizados todos os anos desde a sua instituição, excetuando-se os períodos das duas guerras mundiais.

Quanto à localização geográfica dos congressos, notamos que a Europa realizou a maioria absoluta deles: 54, contra três levados a efeito na América e um na Ásia. Os países que mais vezes os sediaram foram: em primeiro lugar o Reino Unido (sete vezes), seguido da Alemanha e Suíça (cinco vezes cada) e Holanda e França (quatro vezes cada). Viena e Berna são as cidades que mais vezes foram sede de congressos: três vezes cada uma.

Os congressos com maior número de inscrições foram, pela ordem, os de Nurembergue (em 1923), Budapeste (em 1966), Paris (em 1914) e Sofia (em 1963), todos com mais de 3.000 inscritos.

Adendo

1. Na pág. 125, nas notas relativas ao nome do criador do esperanto, acrescente-se que o antigo Ginásio Estadual de Vila Mazzei, denominado de forma errônea "Dr. Luís Lázaro Zamenhof", recebeu o nome de outro patrono, ao passo que o nome "Dr. Lázaro Luís Zamenhof" foi atribuído a uma Escola Estadual de 1º Grau, situada também na cidade de São Paulo, no bairro Vila Medeiros.

2. Na relação dos congressos universais (pág. 132) acrescentem-se os seguintes:

59.	1974	Hamburgo, República Federal da Alemanha
60.	1975	Copenhague, Dinamarca
61.	1976	Atenas, Grécia
62.	1977	Reiquiavique, Islândia
63.	1978	Vama, Bulgária
64.	1979	Lucema, Suíça

65. 1980 Estocolmo, Suécia
66. 1981 Brasília, Brasil
67. 1982 Antuérpia, Bélgica
68. 1983 Budapeste, Hungria

Estatística até 1983 (*)[24]
- Congressos universais: 68. Realizados na Europa: 63; na América: quatro; na Ásia: um. Países que mais vezes os

---

[24] N.E.: De 1984 até 1999 realizaram-se os congressos universais de esperanto a seguir relacionados:
69. 1984   Vancouver, Canadá
70. 1985   Augsburg, Alemanha
71. 1986   Beijing, China
72. 1987   Varsóvia, Polônia
73. 1988   Rotterdam, Holanda
74. 1989   Brighton, Inglaterra
75. 1990   Havana, Cuba
76. 1991   Bergen, Noruega
77. 1992   Viena, Áustria
78. 1993   Valencia, Espanha
79. 1994   Seul, Coreia
80. 1995   Tampere, Finlândia
81. 1996   Praga, República Tcheca
82. 1997   Adelaide, Austrália
83. 1998   Montpellier, França
84. 1999   Berlim, Alemanha
85. 2000 – Tel Aviv – Israel
86. 2001 – Zagreb – Croácia
87. 2002 – Fortaleza – Brasil
88. 2003 – Göteborg – Suécia
89. 2004 – Pequim – China
90. 2005 – Vilnius – Lituânia
91. 2006 – Florença – Itália
92. 2007 – Yokohama – Japão
93. 2008 – Rotterdam – Holanda
94. 2009 – Bialystok – Polônia
95. 2010 – Havana – Cuba
96. 2011 – Copenhague – Dinamarca
97. 2012 – Hanói – Vietnam
98. 2013 – Reykjavik – Islândia

Dos 84 congressos universais realizados até 1999, 74 ocorreram na Europa, seis na América, três na Ásia e uma na Austrália. Dentre os países que sediaram mais congressos, permanecem o Reino Unido (10 vezes), a Alemanha (sete vezes) e a Suíça (seis vezes). Viena, na Áustria, foi sede de quatro congressos universais.

sediaram: Reino Unido (sete vezes); Alemanha e Suíça (seis vezes cada uma). Cidades que foram mais vezes sede de congresso universal: Viena, Berna, Copenhague, Antuérpia e Budapeste (três vezes cada uma).

Obras consultadas

1. *Memorlibro pri la Zamentuit-jaro*, compilado pelo Dr. Ivo Lapenna, Associação Universal de Esperanto, Londres, 1960.
2. *Vivo de Zamenhof*, Edmond Privat, The Esperanto Publishing Co. Ltd., Rickmansworth (Herts), Inglaterra, 4ª ed., 1957.
3. *Historio de la lingvo esperanto I* (Deveno kaj komenco, 1887-1900). Edmond Privat, Internacia Esperanto-Instituto. Haia, Holanda, 1923.
4. *Historio de Ia Lingvo Esperonto II* (La movado, 1900-1927), Edmond Privat. Internacia Esperanto-Instituto. Haia, Holanda. 1927.
5. *Originala verkaro* de L. L. Zamenhof, compilação do Dr. J. Dietterle. Ferdinand Hirt & Sohn, Lipsia, 1929.
6. *Leteroi* de L. L. Zamenhof, dois volumes, apresentação e comentários do prot. G. Waringhien, S. A.T. Paris, 1948.

7. *Essência e futuro da ideia de língua internacional.* L. L. Zamenhof, tradução e notas de Ismael Gomes Braga, edição de "Língua Auxiliar", Rio de Janeiro, 1937.

8. *Fundamenta krestomatio*, L. L. Zamenhof, Esperantista Centra Librejo, Paris, 16ª ed., 1939.

9. *Gvidilo tra la esperanto-movado*, G. P. de Bruin. S. A. T. kaj Fedrracio de Laboristaj Esperantistoj, Amsterdã-Paris. 1936.

10. *Plena Gramatiko de Esperanto I*, K. Kalocsay e G. Warlnghien. 3 ª eldono. 1958. Esperanto-Propaganda Centro, MiJano.

11. *A sobrevivência do espírito*, Ramatis. Livraria Freitas Bastos S. A . Rio de Janeiro e São Paulo. 2. ed. 1964.

12. *Por um mundo melhor através da poesia e do esperanto*, Sylla Chaves. Fundação Getúlio Vargas. Rio de Janeiro. 1970.

13. *Plena vortaro de esperanto*, de diversos autores. S. A. T., Paris. 1956.

14. *Dicionário esperanto-português*, Ismael Gomes Braga, F.E.B. 1. ed., 1956.

15. *Enciclopédia brasileira.* Mérito, Editora Mérito S.A. São Paulo. Rio de Janeiro, Porto Alegre, Recife.

16. *Grande e novíssimo dicionário da língua portuguesa*, organizado por Laudelino Freire. A Noite - Editora. Rio de Janeiro.

17. *Pequeno dicionário brasileiro da Língua Portuguesa.* Aurélio Buarque de Hollanda Ferreira. 10ª edição, 2ª impressão, 1961. Editora Civilização Brasileira S. A. Rio de Janeiro.

18. *Dicionário de verbos e regimes*, Francisco Fernandes. 8ª edição. 1951, Editora Globo. Rio de Janeiro. Porto Alegre. São Paulo.

19. *Dicionário de regimes de substantivos e adjetivos*, Francisco Fernandes, 5ª edição. 1955. Editora Globo, Rio de Janeiro. Porto Alegre. São Paulo.

20. *Dictionnaire etymologique*, Albert Dauzat, 7ª Edition, Librairie Larousse, Paris.

Informações sobre o autor
WALTER AUGUSTO FRANCINI

Nasceu em São Paulo, a 3 de junho de 1926, e faleceu na mesma cidade, a 3 de maio de 1996.

Concluiu o curso de Letras Clássicas na Universidade de São Paulo e o de Direito na Pontifícia Universidade Católica da mesma cidade, militando no magistério desde 1947.

Como jornalista, colaborou na imprensa da capital e do interior do seu estado, tendo redigido durante alguns anos a coluna *Língua Internacional*, no *Diário Popular*, de São Paulo.

Foi vice-presidente da Associação Paulista de Esperanto e delegado, para assuntos de educação, da Associação Universal de Esperanto, sediada na Holanda.

O que é Espiritismo?

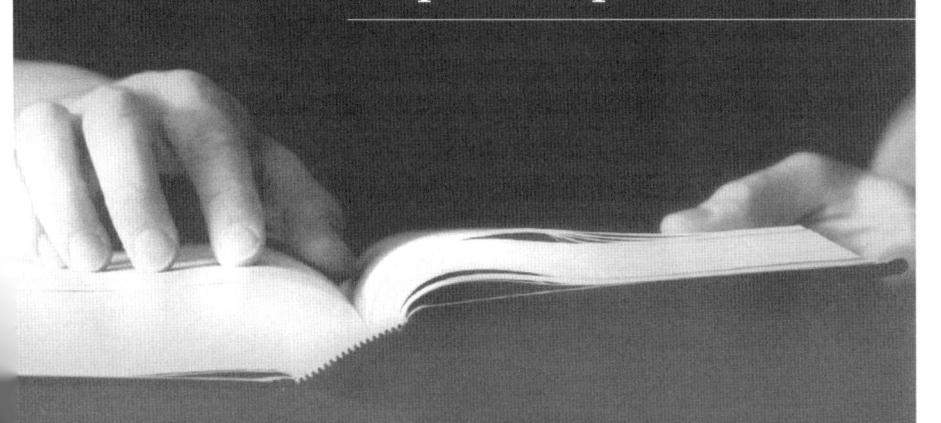

O ESPIRITISMO É UM CONJUNTO DE PRINCÍPIOS E LEIS reveladas por Espíritos superiores ao educador francês Allan Kardec, que compilou o material em cinco obras que ficariam conhecidas posteriormente como a Codificação: *O livro dos espíritos, O livro dos médiuns, O evangelho segundo o espiritismo, O céu e o inferno* e *A gênese*.

Como uma nova ciência, o Espiritismo veio apresentar à humanidade, com provas indiscutíveis, a existência e a natureza do mundo espiritual, além de suas relações com o mundo físico. A partir dessas evidências, o mundo espiritual deixa de ser algo sobrenatural e passa a ser considerado como inesgotável força da natureza, fonte viva de inúmeros fenômenos até hoje incompreendidos e, por esse motivo, creditados como fantasiosos e extraordinários.

Jesus Cristo ressaltou a relação entre homem e Espírito por várias vezes durante sua jornada na Terra, e talvez alguns de seus ensinamentos pareçam incompreensíveis ou sejam erroneamente interpretados por essa associação. O Espiritismo surge então como uma chave, que pode explicar tudo mais facilmente e de maneira clara.

A Doutrina Espírita revela novos e profundos conceitos sobre Deus, o universo, a humanidade, os Espíritos e as leis que regem a vida. Ela merece ser estudada, analisada e praticada todos os dias de nossa existência, pois o seu valioso conteúdo servirá de grande impulso a nossa evolução.

Literatura espírita

Em qualquer parte do mundo, é comum encontrar pessoas que se interessem por assuntos como imortalidade, comunicação com Espíritos, vida após a morte e reencarnação. A crescente popularidade desses temas pode ser avaliada com o sucesso de vários filmes, seriados, novelas e peças teatrais que incluem em seus roteiros conceitos ligados à espiritualidade e à alma.

Cada vez mais, a imprensa evidencia a literatura espírita, cujas obras impressionam até mesmo grandes veículos de comunicação devido ao seu grande número de vendas. O principal motivo pela busca dos filmes e livros do gênero é simples: o Espiritismo consegue responder, de forma clara, perguntas que pairam sobre a Humanidade desde o princípio dos tempos. Quem somos nós? De onde viemos? Para onde vamos?

A literatura espírita apresenta argumentos fundamentados na razão, que acabam atraindo leitores de todas as idades. Os textos são trabalhados com afinco, apresentam boas histórias e informações coerentes que se baseiam em fatos reais.

Os ensinamentos espíritas trazem a mensagem consoladora de que existe vida após a morte, e essa é uma das melhores notícias que podemos receber quando temos entes queridos que já não habitam mais a Terra. As conquistas e os aprendizados adquiridos em vida sempre farão parte do nosso futuro e prosseguirão de forma ininterrupta por toda a jornada pessoal de cada um.

Divulgar o Espiritismo por meio da literatura é a principal missão da FEB Editora, que, há mais de cem anos, seleciona conteúdos doutrinários de qualidade para espalhar a palavra e o ideal do Cristo por todo o mundo, rumo ao caminho da felicidade e plenitude.

Edições de Doutor Esperanto

EDIÇÃO	ANO	TIRAGEM	FORMATO
1	1984	3.100	13x18
2	1985	3.100	13x18
3	1990	3.100	13x18
4	2000	3.000	13x18
5	2014	2.000	14x21

Conselho Editorial:
Antonio Cesar Perri de Carvalho – Presidente

Coordenação Editorial:
Geraldo Campetti Sobrinho

Produção Editorial:
Rosiane Dias Rodrigues

Revisão:
Davi Miranda
Renata Alvetti

Capa, Projeto Gráfico e Diagramação:
Eward Siqueira Bonasser Jr.

Normalização Técnica:
Biblioteca de Obras Raras e Documentos Patrimoniais do Livro

Esta edição foi impressa pela Edelbra Gráfica e Editora Ltda., Erechim, RS com tiragem de 2 mil exemplares, todos em formato fechado de 138 x 210 mm e com mancha de 94 x 160 mm. Os papéis utilizados foram o Lux Cream 70 g/m² para o miolo e o cartão Supremo 300 g/m² para a capa. O texto principal foi composto em fonte Adobe Caslon Pro 12/15 e os títulos em ZapfHumnst BT 28/30. Impresso no Brasil. *Presita en Brazilo.*